# Confissões & Conversões
## 25 regras para o tempo de mudar

Fernando Lucchese

# Confissões & Conversões
## 25 regras para o tempo de mudar

*Capa*: Marco Cena
*Preparação de original*: Sandro Andretta e Jó Saldanha
*Revisão*: Bianca Pasqualini e Renato Deitos

---

L934fc    Lucchese, Fernando
           Confissões & conversões: 25 regras para o tempo de mudar/
        Fernando Lucchese. – Porto Alegre: L&PM, 2007.
        144 p. ; 21 cm.

        ISBN 978-85-254-1684-1

        1.Literatura brasileira-romances I.Título.

                CDU 821.134.3(81)-3

---

        Catalogação elaborada por Izabel A. Merlo. CRB 10/329.

© Fernando Lucchese, 2007

Todos os direitos desta edição reservados a L&PM Editores
Rua Comendador Coruja 314, loja 9 – Floresta – 90220-180
Porto Alegre – RS – Brasil / Fone: 51.3225.5777 – Fax: 51.3221-5380

PEDIDOS & DEPTO. COMERCIAL: vendas@lpm.com.br
FALE CONOSCO: info@lpm.com.br
www.lpm.com.br

Impresso no Brasil
Primavera de 2007

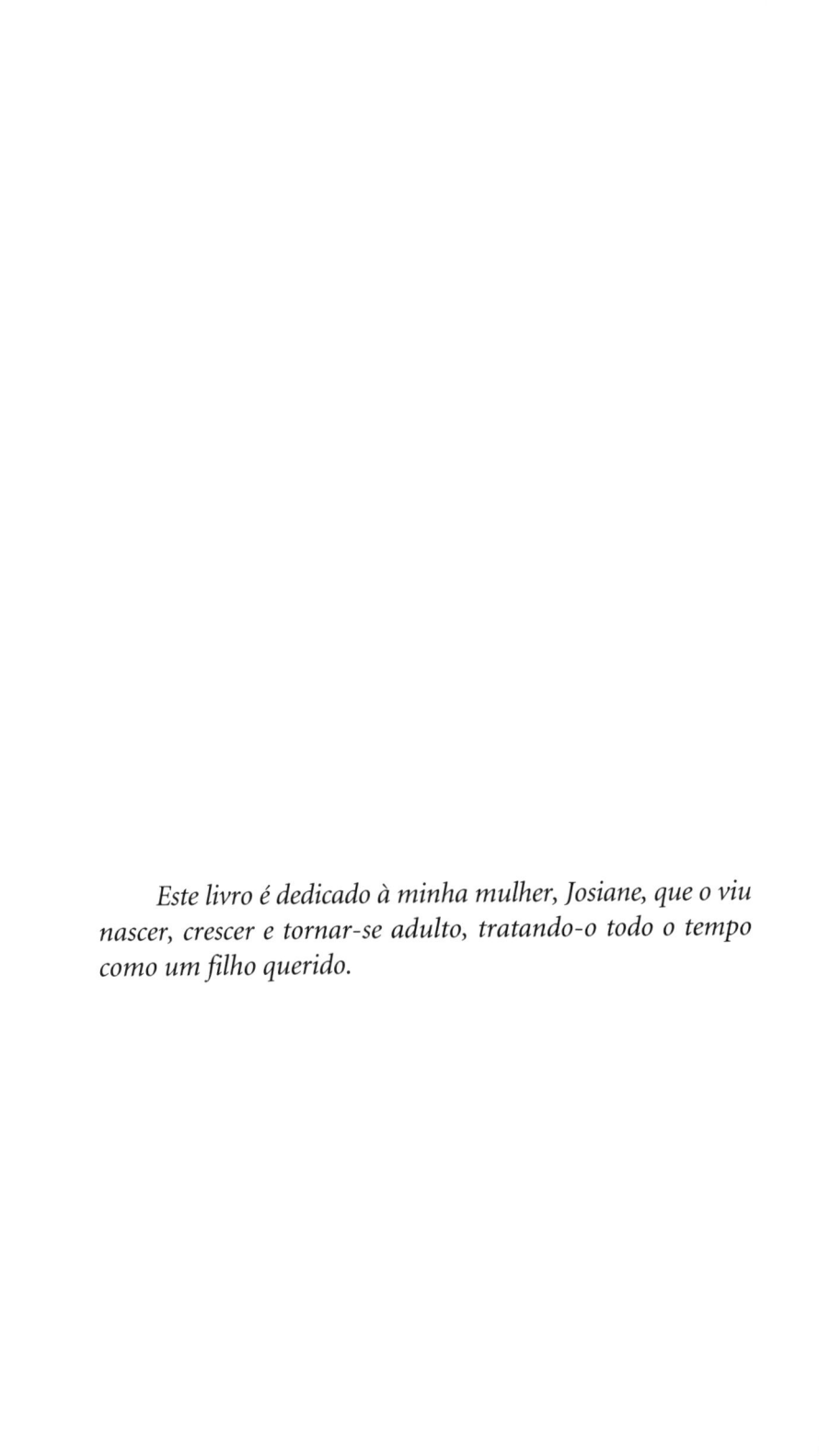

*Este livro é dedicado à minha mulher, Josiane, que o viu nascer, crescer e tornar-se adulto, tratando-o todo o tempo como um filho querido.*

# Sumário

Agradecimentos ........................................................................... 9
Prólogo ...................................................................................... 11

Confissões ................................................................................. 13
Minha juventude foi árida ........................................................ 16
Meus afetos e desafetos ............................................................ 19
Fatos surpreendentes de minha vida ........................................ 22
A última confissão .................................................................... 24
Lições de Marina ...................................................................... 28
Encontros e desencontros ......................................................... 34
Ensinando a viver ..................................................................... 41
Reaprendendo a viver ............................................................... 44
Embarcando o afeto .................................................................. 51
Falando seriamente sobre empresa .......................................... 54
Pedro reencontra seu corpo ...................................................... 60
O médico afundou-se em sua cadeira giratória ....................... 63
Fico olhando com inveja para sua cintura... ............................ 70
Devo muito a esse homem ....................................................... 72
O sonho faz parte de nosso trato com a divindade ................. 75
Pedro desvenda o segredo ........................................................ 82
Faltou-me uma família... .......................................................... 88
A vida me deu outra chance .................................................... 90
Talvez a única certeza na vida seja a de que nem tudo sai
　como se quer ......................................................................... 93
A sessão do tribunal foi rápida ................................................ 95
Hoje é meu primeiro dia de liberdade nos últimos vinte anos ....... 97
– Sua tranqüilidade surpreendeu-me mais uma vez, Francisco ..... 98
Passei há pouco pela igreja ...................................................... 103

Conversão.................................................................................... 108
Em busca do passado ................................................................ 112
Em uma tarde de domingo,......................................................... 116
Finalmente, tens um passado, ..................................................... 118
Construir o futuro ....................................................................... 121
Pedro e Francisco voltam a Mirassol ......................................... 124
Nota do Autor ............................................................................. 128
Segunda Nota do Autor............................................................... 131
As 25 regras para o tempo de mudar .......................................... 133
As lições de Marina .................................................................... 137
A grande lição............................................................................. 138
Sobre o autor .............................................................................. 139

# Agradecimentos

Ao longo dos anos em que elaborei este livro, ouvi sugestões e conselhos de um grande número de pessoas. Muitas delas debruçaram-se sobre o manuscrito e aprofundaram sua crítica. Outras simplesmente optaram por uma manifestação breve de aprovação ou de dúvida. Todos os comentários foram extremamente úteis. Os aspectos jurídicos foram analisados pela juíza de direito Cristina Nogueira e pelos advogados Amadeu Weimann e Lênio Streck. Os aspectos de comportamento sofreram a crítica judiciosa de quatro psicanalistas: Roaldo Machado, Joel Nogueira, Roberto Gomes e Jorge Castro. A leitura do manuscrito e um comentário dos amigos Maria Clara e Flávio Alcaraz Gomes multiplicaram meu entusiasmo e determinação. O carinho de Domingos e Maria Cecília Braile através de seus comentários inteligentes ajudaram-me a melhorar o texto final. Em nome destes e de tantos outros que de alguma forma contribuíram vai meu agradecimento.

*Fernando Lucchese*

# Prólogo

Tenho me perguntado por que nós, seres humanos, dotados de inteligência e razão, temos tanta dificuldade em mudar. Onde estará, escondido entre nossas células, o botão mágico que vai nos permitir abandonar vícios autodestrutivos e assumir uma nova postura de vida? Ainda não estou convencido de que este botão não exista. A ciência vai terminar por encontrá-lo em nosso cérebro ou, talvez, nas profundezas de alguma glândula, como a hipófise, por exemplo. Enquanto não recebemos diretamente dos laboratórios essa informação, temos de lidar desajeitadamente com nossa vontade. Somos fracos, mas nos pretendemos fortes. Nossos guerreiros mais destemidos lutam com a fragilidade de crianças contra o fumo, a obesidade, o sedentarismo. Talvez não seja vontade o que nos falta, mas motivação.

Nós, médicos, além de diagnosticar, freqüentemente aliviar e, às vezes, curar, temos tido também a missão de ensinar. Somos, talvez, os representantes da única profissão que não descansa até destruir a fonte de seu sustento, pesquisando novos tratamentos e ensinando como evitar a doença. Nem sempre somos eficientes em transmitir nossos conhecimentos, porque perdemos a simplicidade de Hipócrates e criamos uma linguagem quase incompreensível. Mas sempre temos demonstrado empenho, dedicação e carinho ao procurar traduzir a complexidade dos trezentos trilhões de células que constituem nosso corpo.

Foi assim que, estudando as dificuldades de meus pacientes e as minhas próprias, resolvi escrever mais um livro. Desta vez, diferentemente do que fiz nos anteriores, procuro contar uma história de mudança. Mudar é uma arte, exige qualidades de que só nós, humanos, dispomos, por sermos dotados de inteligência e consciência. Mas, infelizmente, nossos instintos são fracos e imperfeitos. Nenhum animal, apesar de irracional, segue o caminho da autodestruição depois de ter sido alertado por seu instinto. Nós, portadores de inteligência consciente e bom senso, terminamos por enfraquecer ou até destruir nosso instinto de autopreservação. Por isso, passamos a comer muito e de forma equivocada, a caminhar pouco, a amar ainda menos, a rir com moderação, a testar todo tipo de alucinação provocada pelo fumo, pelo álcool ou por outras substâncias menos sociais. Nosso instinto se perdeu ao longo do tempo e, talvez, o botão mágico esteja justamente em sua redescoberta. É curioso, mas, às vezes, para viver muito temos de redescobrir alguns de nossos instintos animais.

Portanto, mudar é uma tarefa difícil. Abandonar hábitos e vícios exige grande força de vontade e motivação. A história deste livro é singela, reúne duas pessoas intrinsecamente diferentes em busca de seu próprio destino. É o resultado de anos de experiência no convívio com pessoas. Os personagens foram gerados a partir da união de partículas de milhares de indivíduos, não podendo, portanto, ser identificados como fulano ou beltrano, pois não existem em um só corpo e uma só alma. Além disso, personagens não são importantes, sua história é que lhes dá valor.

O objetivo deste livro é simplificar o aprendizado da mudança. E se você, que está com ele em mãos, for o único a quem ele servir para mudar para um estilo de vida mais saudável, terei dado por cumprida minha missão.

**Confissões** Estou guardando minhas memórias no fundo de uma gaveta e partindo para o futuro. Ou melhor, tentando partir. Custa-me incrível esforço readaptar-me. Isso porque durante anos exercitei sem sucesso minhas fugas e evasões. Sempre terminava abandonando minhas decisões em alguma curva do caminho.

Mas agora é tempo de mudar. Fui tocado pela magia da necessidade urgente de mudar.

Falar do futuro é uma forma piedosa de mencionar a velhice. Alguns de nós chegaremos ao futuro. Muito envelhecidos. Nunca antes eu sentira o peso da progressão do tempo. Parece-me que só agora observo atentamente os ponteiros de meu relógio, e vejo-os passar rumo ao "nunca mais". Mas só tenho cinqüenta anos. Essa velhice precoce está somente em minha cabeça. Sinto que devo reagir contra esse vírus.

Mas é lógico que estou envelhecendo. Nestes últimos anos, vi meu abdome tornar-se proeminente e minhas mãos perderem suas habilidades, e minha pele não exibe mais o vigor de antes. Tudo isso era esperado. Mesmo assim não sei por que me surpreendo tanto.

Já não posso confiar na minha memória, considerada excepcional no passado. Meu cérebro às vezes confunde fatos e pessoas. Outro dia, confundi o reitor da universidade com o presidente do meu clube de futebol e insisti em discutir os últimos resultados do campeonato. Todos me dizem que trocar datas, fatos e pessoas é comum após certa idade. Porém meu perfeccionismo não aceita. Alguma coisa, de fato, vem acontecendo comigo.

Mas realmente envelheci. Comecei a notar isso quando, com maior freqüência, passei a manchar minha roupa durante as refeições. Um respingo de molho na camisa, vinho nas calças... E não lembrava como aquilo acontecera. Minha barriga proeminente tornou-se uma bandeja para migalhas e grãos.

É incrível como o tempo nos transforma. Alguns sinais de envelhecimento em meu pai me incomodavam. Odiava seu cabelo baixo no topo da cabeça e alto nos lados, como um palhaço sem nariz de cera nem pintura no rosto. Eu lhe dizia: "Mude seu estilo, deixe seu cabelo crescer, modernize-se". Dias atrás, levei um choque ao reconhecer no espelho os mesmos detalhes que me perturbavam.

Da mesma forma, assustava-me com seu tremor de mãos, prenúncio de problemas neurológicos iminentes. Agora, assustam-me minhas mãos trêmulas.

Meus amigos estão se reduzindo em número e qualidade. Alguns dos melhores já morreram. Outros simplesmente desapareceram. Amigos novos já não surgem facilmente. Entendo agora, precisamente, o que significa *gap* de gerações. Amigos mais jovens se assustam com meu enorme passado em comparação com o deles. E certamente meu exíguo futuro os assusta. O que me resta? Vinte anos? Trinta? Para eles é muito pouco. Para mim é tudo de que ainda disponho. Mas sei que amigos são como moscas ou mariposas. Orbitam em torno da luz enquanto está acesa. Depois, se dispersam. A vida ensinou-me a apreciá-los com moderação, como a cerveja, o uísque e outras novidades.

Pensando bem, amigos servem apenas para evitar a suprema vergonha de não termos quem carregue nosso caixão. Como aconteceu em Mirassol. Ninguém se interessou por agarrar a alça do caixão do egoísta-vaidoso-invejoso mais conhecido da cidade. Quase foi deixado literalmente às moscas.

Aprendi coisas em minha vida, desaprendi outras. O que aprendi provou não ser tão importante. O que desaprendi, no entanto, pode ser fundamental para a minha sobrevivência. Por exemplo: desaprendi como alimentar minha auto-estima, por isso engordei, parei de me exercitar, comi errado, tornei-me competitivo e furioso, e aqui estou, construindo meu câncer, meu infarto ou meu derrame cerebral, cuidadosamente, todos os dias.

Vivi no palco. Representei cada ato como se fosse minha vida real. Confundi realidade e ficção. Mas não poderia ter sido de outra forma: nasci sem manual do usuário ou guia de orientações. Tive de improvisar.

A vida não tem ensaio geral. Vivemos a cada dia a grande *performance*. Sempre original, sempre única. É claro que eu gostaria de repetir alguns desses atos conferindo-lhes mais cuidado e qualidade. E, principalmente, mais autenticidade.

Só me resta estar pronto para o grande final, a apoteose. Se é que ela será também encenada.

Vivi sem expectativas maiores. Até os cinqüenta anos, pelo menos. Depois, por meu histórico familiar, cada dia tem sido uma grande expectativa. Vou conseguir subir aquela escada sem cansar? Aquele roupa ainda me serve? Vou encontrar alguém interessante para conversar ou, ao menos, que se aproxime de mim desinteressadamente?

Mesmo assim tenho mais tempo para reminiscências. Penso mais, recordo de fatos antigos, procuro reconstruir momentos bons e alguns nem tanto. Sinto-me vivo e satisfeito por ter chegado até aqui. Mas ao mesmo tempo vazio por ter sobrado tão pouco dentro de mim. Mas sinto que algo está por acontecer.

**Minha juventude foi árida** Trabalhei incessantemente para sobreviver e construir meu futuro. Os Beatles, conheci pelos jornais. Nunca tive um disco deles. Os Rolling Stones descobri quem eram muito mais tarde, mas até hoje não sei citar o título de nenhuma de suas músicas. Passei batido pela juventude, sem fazer o que os demais jovens faziam, porque, provavelmente, para eles, a sobrevivência estava garantida.

Não aprendi a dançar. Enquanto meus colegas de faculdade se divertiam, eu trabalhava como bedel, faxineiro, carregador de pacotes e mensageiro.

Não tinha tempo nem dinheiro para cultivar preferências musicais. Os Beatles eram para mim quatro sortudos cercados de dinheiro e mulheres por todos os lados. Na época, cercavam-me só problemas. Namoradas impossíveis rondavam minha cabeça. Sentia profunda falta de carinho. Nunca em minha vida a solidão foi tão palpável e destrutiva.

O cinema era meu refúgio. Lá, no escuro, assumia a personalidade de meus atores preferidos. Steve McQueen, Charlton Heston, Marlon Brando faziam-me sentir poderoso até a hora de retomar a vassoura na faculdade.

Mas o cérebro humano é mestre em destruir memórias tristes. O sofrimento é rapidamente esquecido. Na verdade, nem lembro de ter sofrido muito. Achava fantástico ter tido a coragem de sair de Mirassol, a seiscentos quilômetros da capital, e transformar-me em um jovem de cidade grande, com todas as manias e regalias, mas sem dinheiro algum. Difíceis foram esses seiscentos quilômetros. Daí para o mundo foi tudo muito simples.

Mirassol pesa-me nos ombros. É como se arrastasse comigo todos os dias as memórias da infância pobre, da família distante, dos poucos amigos. Como aquelas bolas de ferro no pé dos presidiários...

As únicas lágrimas de minha juventude caíram por Mirassol. Meus pais doentes e mal-alimentados, minha única irmã adolescente morta em um parto, a falta de esperança que de lá expulsava os corajosos e destruía os que ficavam. Eu saí de Mirassol, mas Mirassol não saiu de mim.

Nunca mais voltei lá. Lembro-me vagamente da rua principal sem calçamento, da fila alinhada de casas pobres, de um bolicho em uma esquina e, surpreendentemente, de uma casa de bilhar. Sempre os mesmos fregueses ao redor da única mesa, bebendo e jogando.

Uma tarde, quando os freqüentadores ainda não haviam chegado, o dono permitiu que eu "brincasse" um pouco, talvez visando captar um futuro cliente. Foi uma revelação. Talento natural. As bolas rolavam pelo pano verde na medida exata de minha vontade. Aquela tarde salvou-me a vida, pois, um dia, na capital, entrei no Clube do Comércio e tentei a sorte com o taco. Meu talento era o de um mestre.

A partir daquele dia pude abandonar a vassoura na faculdade, pois, quando o dinheiro minguava, ia buscá-lo na mesa de bilhar. Era imbatível. Até hoje rolam histórias sobre minha habilidade de jogador. Com o jogo consegui tudo o que me faltara até então: melhores roupas, alimentação mais saudável, um cantinho mais limpo para morar. E foi no jogo que conheci alguns empresários que, mais tarde, me garantiram os primeiros empregos que permitiram financiar minha faculdade de Economia. E depois, estes mesmos empresários se tornaram meus sócios em muitos empreendimentos.

Hoje, a mesa de bilhar ocupa o centro de uma enorme sala em minha casa. Como um símbolo. Porém, meus olhos já não ajudam e as boas tacadas estão apenas em minha cabeça, não passam mais para minhas mãos trêmulas.

**Meus afetos e desafetos** Das inúmeras mulheres que passaram em minha vida, muito poucas, realmente, tiveram significado. E esse seleto grupo, ainda assim, poucas memórias deixou. Lembro-me de Beatriz, a que me seduziu no primeiro contato, levou-me para sua cama e usou-me. Fiquei com ela alguns meses, sendo usado, mas com a sensação de ser quem usava. Beatriz habilidosa. Beatriz fogosa. Mas cabeça-de-vento.

Nenhuma das mulheres com quem convivi me teve por inteiro. Houve comportas que jamais abri. Rafaela deu-me um filho. Ou melhor: deu-se um filho. Eu fui apenas o instrumento indispensável para a concepção. Tão logo o menino nasceu, deixou-me, esquecendo-se de dizer seu novo endereço. Quando contatei meu filho novamente, ele já era adulto e desconhecido para mim. Ainda me visita, às vezes, quando precisa de dinheiro. Não tem profissão definida, suas tatuagens me irritam, seu jeito de falar é horrível, não sei precisamente onde mora. Não reconheço nele traço algum de semelhança comigo. Tal como a mãe, veio ao mundo em férias. Sua falta de vontade me assusta.

Falei em falta de vontade? Também ando sem vontade para nada. Nem sombra de minha garra passada. Há dias que passo entre a cama, a sala, meus livros, a televisão e a geladeira. Irrita-me pensar que meu diagnóstico deve ser depressão. Essa palavra maldita não entra em minha cabeça, não a aceito. Antidepressivo é muleta para meia dúzia de malucos. Foi o que disse para o médico que ficou se abanando com a receita na mão. Não voltei mais lá. E não voltarei enquanto ele não mudar seu diagnóstico.

A pele de cada indivíduo parece suportar uma quantidade limitada de raios ultravioleta, é o que dizia um programa de televisão sobre prevenção do câncer de pele. Tenho uma teoria semelhante para o riso e as lágrimas. Nascemos todos com capacidade limitada para ambos. Se esgotarmos nossas lágrimas, somos atropelados pelo infarto e pelo câncer. Se esgotarmos nosso riso, caímos na mesma armadilha, pois o resto de lágrimas disponível será usado à exaustão. Riso e lágrimas são irmãos quase gêmeos, em eterna disputa. Vencem-se mutuamente, e ao final só há vencidos. Por isso tenho usado parcimoniosamente a ambos. Prefiro mesmo é não demonstrar meus sentimentos, meus afetos e desafetos.

Talvez esteja exagerando. Trabalhei tanto em minha vida que não tive muito tempo para lágrimas. Não curti o sofrimento porque, simplesmente, neguei a mim mesmo esse sentimento. Apesar disso, de alguma forma, meu estoque de lágrimas vem se esgotando rapidamente sem eu saber como. Aí está o "furo" em minha teoria. Lágrimas e sofrimento são o mesmo sentimento. A única diferença é que só o segundo consegue existir sem o primeiro. O sofrimento abre a mesma torneira das lágrimas e terminamos secando sem chorar uma gota. Torneira seca não significa falta de sofrimento. É apenas falta de lágrimas.

Tenho tendência ao exagero. Exagerei ao querer subir além do que Mirassol me proporcionava. Havia em mim uma contínua e profunda insatisfação com o que conseguia obter. Sempre restava a sensação de falta, de incompletude. Nunca comemorei uma só conquista, não abri champanhes para nada. O momento da comemoração era substituído rapidamente por um novo projeto, uma nova busca e, talvez, uma nova conquista. Até os trinta anos, busquei conhecimento. Após os trinta, acumulei bens. Depois dos quarenta, lutei pelo reconhecimento social. Aos poucos, fui sendo invejado como o indivíduo que podia ter tudo. Mas, em realidade, eu não tinha nada, pois me faltava o afeto, a alma. Alma? Eu disse alma? À medida que o tempo passa, estou considerando mais plausível a existência da alma, de Deus, de uma vida após a morte, seja ela qual for. Saí do mais total agnosticismo para um estágio intermediário de crenças e dúvidas. Quem duvida já acredita um pouco. O agnóstico não duvida. Simplesmente não acredita. Apesar de que alguns agnósticos clássicos não eram tão agnósticos assim. Fernando Pessoa, por exemplo: "Senhor, protege-me e ampara-me, dá-me saber que sou teu, livra-me de mim". É oração digna de um bom descrente? Hoje já estou na fase da dúvida, o que é meio caminho para a crença. A idade pode ter algo a ver com isso. Não posso esquecer de pesquisar que idade tinha Pessoa quando escreveu esse verso.

Um amigo agnóstico, ao referir-se a suas lutas internas, dizia-me: "Estou em luta corporal com o Criador". Claro que, ao contrário do que parecia, era um crente, pois a luta corporal implica conhecimento do oponente em todos os seus contornos.

Quando mais jovem, eu acreditava basicamente em mim mesmo. Agora, já não tenho essa segurança, preciso agarrar-me em algo mais, além de minhas próprias forças. Possivelmente, Deus. Ao que tudo indica, Deus é possível, e se ele realmente existir, está agora ao meu lado, rindo de minhas angústias e dúvidas. Ou comiserando-se, tendo muita pena de mim. Em sua eterna permanência, ele deve considerar-me uma pobre formiga de existência efêmera, aproximando-se perigosamente do fim. Mas, se eu tiver uma alma, se ela existir em mim, a história é diferente. Posso até tornar-me importante para Ele, pois a alma é a matéria-prima da qual Ele mesmo é feito. Tenho alma?

**Fatos surpreendentes de minha vida** Eu poderia gastar um longo tempo descrevendo os fatos surpreendentes de minha vida. Seria inútil e não acrescentaria nada ao momento que estou vivendo. É um perigo ficar enfocado no passado, pois perdemos nossa dimensão de futuro. Comprometemos nossa sensibilidade, a isenção de nosso julgamento. O passado é como um caminhão que vai carregando, sobrecarregando e perdendo carga pelo caminho. O pior é que nem sempre perdemos o que nos pesa mais. Perdemos muito facilmente as boas memórias e carregamos nossos demônios. Depois passamos o resto da vida tentando desembarcá-los. Até psicanalistas às vezes têm de ser convocados para esse desembarque.

Já desembarquei algumas de minhas vaidades, muitas de minhas ambições e todos os meus sonhos. Desembarquei os segundos de alegria fugaz, já não lembro onde os deixei. Insisto em contrariar meu cérebro, que pela sua natureza procura reter somente boas memórias. Procuro curtir diariamente as traições, os fracassos e as ausências que recebi como presente da má sorte. Tudo isso apesar de nunca ter acreditado no binômio sorte-azar.

Não desembarquei Mirassol e seus fantasmas, meus pais, minha irmã adolescente grávida, a pobreza. E uma tia silenciosa que nunca vi sorrir. Passei a vida sobrepondo camadas de tinta mais alegres e expressivas, mas, lá embaixo, está impregnado, indelével, o pigmento do passado.

Fatos surpreendentes de minha vida? O que quero dizer com isso? Será o que ocorreu no dia em que vi a turbina esquerda do avião em chamas em pleno vôo e, mesmo assim, sobrevivi à aterrissagem em um milharal? Não esqueço o olhar assustado, decepcionado e furioso do agricultor, ao ver seu trabalho completamente arrasado.

Ou será que foi naquele outro momento, com um revólver às costas no meio da noite e a ameaça de morte por um drogado? Também sobrevivi, não sei por qual obra da sorte.

Mas, surpreendente mesmo foi o dia em que, por puro acaso, ouvi, da extensão, Gabriela falando com seu amante, combinando encontrar-se com ele em minha casa, para dormirem em minha cama, segundo ela, como já ocorrera outras vezes. Fato também conhecido pelos empregados. Limpei a casa no mesmo dia, despachando Gabriela e todos os demais traidores. Nunca mais vi nenhum deles.

Surpresas e mais surpresas. A vida é entremeada de surpresas, devidas ao acaso, à falta de planos ou a acidentes. Acidentes ocorrem pela convergência de fatores os mais estranhos, no mesmo tempo e lugar. Acidentes ocorrem todo o tempo. Assim como milagres. Estes também acontecem com freqüência, bem debaixo de nosso nariz, só que temos dificuldade em reconhecê-los como milagres. Preferimos chamá-los também de acidentes. Mas são milagres, difíceis de entender. Devem ser simplesmente aceitos. Acredito em milagres como acredito em mau-olhado, na força negativa da inveja, da maledicência. E tudo isso baseado em um agnosticismo atroz. Conclusão: sou um sujeito confuso em minhas crenças e claro em minhas dúvidas.

**A última confissão** O fastio do muito: isso me descreve. Nunca imaginei que, ao final da gincana de minha vida, terminaria por enfastiar-me. A cada nova conquista, ao contabilizar lucros de novos investimentos, eu fico anestesiado, já pensando no próximo. Não consigo parar. Sempre saio automaticamente em busca de um novo risco, de um novo objetivo. Não compreendo como isso foi acontecendo. Foi se instalando progressivamente em mim uma voracidade ilimitada pelo lucro. Nada me dá mais prazer do que somar meu capital, traduzindo-o em milhões de dólares. Leio todas as revistas do ramo, procurando comparar-me com outros ricos. "Sou maior do que este, sou menor do que aquele, mas o alcançarei em breve..." Progressivamente, fui mudando a categoria dos hotéis que freqüento, fui tornando mais exóticas minhas diversões. Abordei iates para circundar a Sardenha, jatos privados para sobrevoar o Pólo Norte e apreciar as cores da aurora boreal. Freqüentei cassinos vorazmente, fumei os melhores charutos, bebi os vinhos mais caros, vesti as roupas das marcas mais afamadas, namorei as melhores mulheres. E o que sobrou? Este meu fastio do muito, do excesso. As pessoas perderam para mim sua real dimensão. Só lhes dedico tempo e interesse se podem transferir-me alguma coisa, ou se valem a pena serem compradas segundo meus critérios e objetivos. Família, para mim, é apenas um substantivo do passado. Cumprimento afavelmente os empregados mais simples e, assim, me considero um ser magnânimo e superior. Destino alguns recursos para a caridade e, com isso, me considero em dia com as desigualdades sociais. Não suporto conversas e histórias longas, sempre tenho algo muito importante a fazer. A chegada do *laptop* e da internet foi um verdadeiro desastre. Passei a acessar continuamente minhas posições na bolsa em horário de pregão para, posteriormente, embriagar-me com o lucro. Sempre fui de apreciar o risco. Este foi meu companheiro em todas as empresas e cassinos, dias e noites, minuto a minuto. Minha habilidade em lidar com riscos é amplamente conhecida entre os meus colegas empresários. Foi assim que acumulei bens e insatisfações.

Agora, sozinho, na sala vazia de minha imensa casa, um pensamento aterrorizante me faz despertar: estou rico e infeliz!

○○○

Resta-me um pensamento insistente: já vivi os melhores anos de minha vida. E não foram bons! É um pensamento fininho, cortante, como dor de dente na alma. Já vivi, tenho a sensação de que pouco me resta ainda. Descobrir essa verdade é quase como encomendar o próprio serviço funerário. É terrível ter vivido uma vida trepidante com objetivos pouco convincentes e depois se dar conta de que nem este resto de vida será diferente.

Amigos? Tive muitos. Principalmente depois de ter enriquecido. Aliás, amigos e dinheiro andam geralmente associados. Mas não encontrei um ombro amigo em minhas crises de tristeza, quando tinha de enfrentar a dificuldade de meus afetos. Verdadeiros amigos são poucos. Talvez os de Mirassol fossem mais sinceros, se não tivessem se perdido no tempo. Depois, na faculdade, estive muito preocupado em sobreviver, não pude cultivá-los. Mais tarde, como empresário, tive colegas e concorrentes, não amigos. Por fim, surgiram algumas mariposas em torno da luz. Havia sempre um verdadeiro séquito em minhas festas e viagens. Eram bem-humorados, piadistas, faziam-me rir. Foi quando confundi riso com felicidade.

Hoje uso com muito respeito e parcimônia a palavra "amigo". Não posso dizer que tenha algum, apenas um que seja. Quando resolvi reduzir a luz, as mariposas se foram. Mariposas não gostam de confissões, de tomadas de consciência, de crises de crescimento. Mariposas são efêmeras, vivem pouco, dependem da luz de outros para sobreviver. Mariposas são desnecessárias; amigos, ao contrário, são tremendamente necessários.

Esta é a mais dura das confissões. Apesar de meu sucesso em enriquecer, atingi muito pouco, obtive quase nada de prazer. Felicidade eu esperava que chegasse um dia. Hoje sei que o que construí, o que realizei, não poderia jamais me levar ao porto "Felicidade". Primeiro, porque não existe tal porto ou estação Felicidade. Ou se viaja feliz todos os dias, ou não se chega a parte alguma buscando a felicidade. Por outro lado, dediquei atenção absoluta ao resultado, o que tirou o foco de mim mesmo, centrando-o no objetivo a ser alcançado. Minhas alegrias passaram a depender do sucesso de meus negócios e, infelizmente, o sucesso das conquistas desaparecia em minutos, nem boas memórias deixava, porque cada vitória levava-me à necessidade urgente de outra batalha. Acumulei sucessos, bens, propriedades e, principalmente, mágoas. Não me lembro do último momento de riso solto. Afeto e amor verdadeiro são produtos de ficção para mim. Sinto que os que me cercam me temem. Não sei onde encontrar o olhar e a palavra sincera de um amigo. Isolei-me em meu poder e em minhas decepções. As batalhas certamente ocuparam espaços demais em minha vida, não houve tempo para o amor, para o sonho e a ilusão. Sempre os considerei produtos de mentes inferiores. Os grandes homens não choram, não amam, não sonham e não se iludem. Esta foi sempre a minha cartilha do homem ideal: pouco sentimento, muita força nos braços. Foi o que sempre fui: um gladiador, no sentido mais estrito possível, lutando pela sobrevida do corpo e da matéria e abafando de qualquer forma os sentimentos da alma.

Com essa estranha filosofia de vida, consegui a fragilidade que me domina, uma alma aos pedaços e, sobretudo, essa falta de esperança. E a esperança é absolutamente necessária, como o ar que respiramos, como a água que bebemos. Estou morto por antecipação. Esta é a minha confissão. A última.

**Lições de Marina** Acordei como se estivesse na Riviera, em um daqueles hotéis com praias exclusivas sobre o Mediterrâneo. A claridade filtrada pela veneziana desenhava ondas cor de areia no teto malpintado de meu quarto. Lembrei-me logo de uma cena de um filme perdido no tempo, cujo nome nunca guardei. A mocinha acordava, já maquiada e de cabelos feitos, espreguiçava-se e abria sua janela para uma baía de sonho, de areias brancas e mar azul. Abro minha janela e deparo-me com a parede do edifício vizinho descascada pelo tempo. Desato a rir das diferenças entre imaginação e realidade, mas considero-me absolutamente feliz por ter capacidade de sonhar. O sonho me torna leve e livre, além de ser completamente gratuito, o que termina causando um prazer adicional sem mexer na minha combalida conta bancária. Outra risada, desta vez sonora, ao lembrar de minha conta bancária. Meu gerente diverte-se comigo, pela minha forma bem-humorada de encará-la. Mas respeita-me como um poupador de migalhas e um cortador de gastos desnecessários. Digo, ao entregar-lhe microvalores para depósito na conta remunerada: "Ponha na caixinha da formiguinha. É para o inverno". Uma alusão clara à fábula da cigarra e da formiga, a primeira cantando e divertindo-se no verão, enquanto a outra suava no trabalho. No inverno seguinte, viu-se a diferença. Às vezes, acho-me ridículo ao ter de passar algumas privações, mas logo o otimismo se impõe. Tenho saúde e um lugar para morar, minhas roupas são suficientes e estão em bom estado, pois emagreci e até as antigas me servem. Minhas necessidades estão atendidas. Uma vez por semana, saio com amigos para um churrasco e cerveja. E viajo todos os dias, em sonhos, para todos os lugares maravilhosos deste mundo de Deus. Não tenho do que me queixar. Alguns amigos dizem que sou muito só. Refinada mentira! *Estou* só, mas não *sou* só. Acompanham-me minhas boas memórias, meus livros, alguns amigos e, principalmente, Deus está sempre ao meu lado. Tenho a impressão de que Ele não confia muito em mim, pois não me larga. Segue-me ao trabalho, ampara-me em minhas dificuldades financeiras, chega até a multiplicar o dinheiro em meu bolso. Bom, isso já é um exagero. Ele sabe que sou "carne de segunda", por isso mantém suas mãos douradas estendidas sobre mim. Sinto sua proteção a cada minuto.

ooo

"Morrer com dignidade é uma questão de honra." Foi o que ela me disse no dia em que palpou o primeiro nódulo em sua axila. Disse ao médico, horas depois, que poderíamos falar abertamente. Foi cirurgicamente direta e objetiva. Perguntou sobre seu prognóstico, tempo de vida em boas condições e – por que não? – tempo de sobrevida em más condições. Quis saber em detalhes como seria sua morte. Com dor ou sem? Lúcida ou inconsciente? Em casa ou em uma UTI? Não pediu misericórdia. Disse que queria viver aquela experiência até o fim, até mesmo porque seria a última. Com dor ou sem, preferia não interromper o curso de sua história. A natureza a gerara, a natureza a levaria. O médico impressionou-se. De início, respondeu evasivamente, depois, dando-se conta de que ela não desistiria, resolveu enfrentar todas as perguntas. Ao final da consulta, ela voltou-se para mim e me perguntou se eu teria estrutura para agüentar aquilo até o fim. Respondi-lhe que não sairia de seu lado em momento algum, por mais duro que fosse. Aí iniciamos uma nova vida. Curta, mas lado a lado.

○○○

O espectro da morte é um companheiro irresistível. Modela todos os nossos passos, ocupa nossos neurônios em tempo integral. Faz-nos ver a vida de forma diferente, através de óculos negros, transformando cenários coloridos em sombras apenas. Mas com Marina não foi o que aconteceu. A primeira atitude ao chegar em casa foi, como ela disse, "limpar a área". Jogou fora seu "lixo". Foi como ela chamou seus papéis, sua agenda, convites para compromissos fúteis, recortes de jornais e revistas ainda não lidos. Sua pilha de leituras, que ela costumava chamar de "inadimplência literária", foi direto para o incinerador. Depois foi a vez de suas roupas. Escolheu o que ainda lhe interessava e poderia ser útil e o resto foi para uma enorme cesta, recolhida no dia seguinte por uma instituição de caridade. Em momento algum a vi sofrer por estar iniciando a última etapa de sua vida. Passou a dedicar-se a mim ao me ver frágil e sem rumo. Os fatos sucediam-se rapidamente e eu nem percebia que minha vida se restringira a ficar a seu lado, olhando-a demoradamente, falando banalidades e ouvindo a melodia de sua voz como quem não queria esquecê-la jamais. Tudo o que eu queria era aproveitar cada minuto ao lado de Marina.

○○○

Marina morreu lentamente. Eu a vi definhar como uma árvore que perde suas folhas. Seu câncer roeu-lhe as entranhas, deixou-a um espectro em pele e osso, nem sombra da figura bonita, alta e curvilínea, morena de cabelos viçosos e pele branca como sua alma. Mas o sorriso e os olhos azuis não definharam com ela. Marina os manteve vivos bravamente até o fim. Eu, o eterno apaixonado, presenciei o terrível espetáculo de sua destruição em silêncio e com a alma aos pedaços. Porém, jamais deixei de sorrir e acarinhá-la. Jamais demonstrei tristeza. Não seria justo com ela. Ela retribuía-me com carinhos e sorrisos cada vez mais débeis. Montamos um código de comunicação que não incluía a palavra morte. Cumpríamos todas as determinações médicas à risca, em detalhes, e passávamos o resto do tempo olhando um para o outro, sorrindo. Com Marina aprendi a sorrir diante da tristeza.

Depois de guardar o que sobrou de Marina na colina do cemitério, decidi que não deveria pranteá-la eternamente. Sua alma permaneceria intacta até nosso encontro final. Foi assim que aprendi a maior lição que ela me deixou: **corpo, mente e espírito, disso somos feitos, um influindo sobre o outro, tornando fácil ou complicada a vida um do outro.** Marina preservou sua mente e sua alma até o final, enquanto seu corpo se destruía. Aprendi sua lição de despedida. **"Não deixe sua alma atribular-se, pois ela termina por adoecer seu corpo e sua mente. Da mesma forma, mantenha sua mente intacta e seu corpo e seu espírito agradecerão."** Este é o legado do sorriso e dos grandes olhos azuis de Marina.

A partir daí, com quarenta anos feitos, mudei algumas regras em minha vida. Em primeiro lugar, aprendi a prestar atenção aos apelos de minha alma. Qualquer alma que se preze mede seu tempo em vida eterna. Portanto, não adianta correr. "Apressa-te calmamente" passou a ser meu lema. Em segundo lugar, uma alma em paz tem uma força invejável. Passei a valorizar minha paz acima de tudo. Paz de espírito, paz comigo mesmo, paz com os demais. Paz de vida e vida em paz. Em terceiro lugar, mas não menos importante, aumentei a presença de

Deus em minha vida, apesar de já tê-lo conosco durante toda a doença de Marina. Munido dessas três decisões poderosas, trabalhei em minha mente o que chamo de "terapia da aceitação", também aprendida com Marina. Aliás, esta foi outra grande lição que ela me ensinou: **"Aceite-se como você é, aceite os fatos com seu curso inexorável. Mude só o que pode e necessita ser mudado. Aceite o resto."**

Marina, sempre Marina. Sua inteligência, começo a suspeitar, estará presente pelo resto de minha vida. Recordo-me de outra lição sua. Eu a chamava de **"terapia do riso"**. Acordávamos de manhã, nos beijávamos e desatávamos a rir por qualquer motivo bobo. Ela dizia: **"Ria de si mesmo. Não se leve muito a sério."** Ela estimulava-me a ter mais contato com gente bem-humorada e engraçada. Sempre pronta para curtir uma nova anedota. Dizia: "As pessoas bem-humoradas prolongam nossa vida sem perceber o bem que nos fazem". Além de tudo, o riso é democrático. Todo ser humano nasce com a capacidade de rir, não importa seu nível social ou cultural. Rir na infância é uma função natural. Não existem crianças que não riem, mesmo em condições hostis elas conseguem ver o lado dourado do sonho. Mas, na vida adulta, temos de reaprender a rir. E os que não reaprendem se tornam duros e difíceis e terminam morrendo mais cedo. Rir é ainda o melhor remédio. Rir é uma forma de libertar-se e de comunicar-se. Riso é espontaneidade, tolerância, perdão. Riso, em resumo, é amor à vida.

○○○

Finalmente, em uma tarde de tédio e falta de esperança, Marina ensinou-me a "terapia do sim". "Você já observou como temos a tendência de iniciar nossas frases com um 'não'?" Ao dizer isso, ela me fez lembrar um antigo programa de rádio chamado "Não diga não!". As pessoas telefonavam ao programa e eram desafiadas a responder as perguntas do apresentador evitando a palavra "não". Era um massacre. O "não" está impregnado em nosso cérebro. Eram raros os que venciam. A maioria era derrubada logo de início por um "não" involuntário. Marina lembrava-me, também, que no sul da Índia até o "não" significa "sim". Por lá o gesto de movimentar negativamente a cabeça quer dizer "sim", ao contrário daqui. A eficiência dessa terapia é indiscutível. **Pessoas com atitudes negativas diante da vida têm menos chances de envelhecer, pois a morte ocorre antes da velhice.**

ooo

As últimas lições que Marina me deu foram aprendidas na dor. Algumas ela mesmo aprendeu enquanto via sua carne dilacerar-se. Marina não vivera uma vida de paz antes da doença. Corpo, mente e espírito travavam um conflito permanente, motivado por atribulações profissionais do meu passado. Apesar de não demonstrar, o passado pesava surdamente em sua alma. Surpreendentemente, tudo melhorou após sua doença. Compreendeu que provocara suas células além dos limites saudáveis, e elas deram o troco, multiplicando-se desordenadamente: o câncer. Apesar de ser tarde e do sofrimento que a doença lhe impôs, seu último ano foi muito feliz. Claramente, por conhecer minhas fraquezas, ela quis deixar-me um legado, um patrimônio inestimável: **"Siga seu caminho em busca da felicidade. Você tem agora as informações necessárias para encontrá-la. Não repita meus erros. Não perca tempo, aposte em cada minuto do resto de sua vida. Buscar ser feliz é nosso único compromisso."**
Foi a conversão de Marina, e o início da minha conversão.

**Encontros e desencontros** Foi na esquina da prefeitura. O Mercedes azul avançou ao abrir o sinal verde, como seria de esperar. Os pedestres pararam, deixando livre a faixa de segurança. Menos um. Envolto em seus sonhos e devaneios, ele continuou atravessando. Sua roupa simples indicava sua origem. Seu olhar estava fixo em um ponto distante. Parecia sorrir. Na realidade, sentia-se como se estivesse subindo a Champs-Elysèes com os olhos fixos no Arco do Triunfo. O Mercedes atingiu-o no flanco esquerdo, jogando-o a poucos metros, no asfalto. Estatelado no chão, desacordado, ainda conservava um leve sorriso que parecia impresso em suas feições. O dono do Mercedes chega assustado, chama o sonhador, já tentando justificar-se para a pequena multidão que se formou em torno. "Ele cruzou em minha frente. O sinal estava verde." O sonhador atropelado abre um olho. Depois o outro. Olha ao redor, procurando entender a cena. Segue-se um sorriso amplo e a comemoração: "Estou vivo". Tenta mover-se. Braço esquerdo e tórax, aí está a dor. "Um braço e umas costelas quebradas. Nada que não se conserte em alguns dias." E sorriu olhando para o homem envelhecido prematuramente que dirigia o Mercedes. Achou-o tenso, angustiado demais, mas culpou o acidente a si próprio, à sua terrível distração, ao Arco do Triunfo, ao sonho. "Estes carros sofisticados deviam ter *air bag* também do lado de fora, para pedestres distraídos." Risada geral. A pequena multidão começa a dispersar-se. Teria ficado se as conseqüências fossem mais graves ou se houvesse indignação por parte da vítima. Transeuntes adoram sangue, convivem maravilhosamente bem com a tragédia. E com a indignação. Acidente vagabundo, sem vítimas ou com vítima sorridente não merece platéia. Ficaram os dois, o sonhador e o motorista do Mercedes. "Vou levá-lo ao Pronto-Socorro", disse este último. "Certo, é realmente necessário. Vamos lá", respondeu o outro. Acomodado no assento macio, na posição mais suportável para a dor, ele observa o motorista. "Você está com algum problema? Posso ajudá-lo?" Surpreso, o motorista olha sem entender para aquele estranho indivíduo, fraturado, com dores inevitáveis, mas com aquele sorriso impresso no rosto. Responde simplesmente: "Muitos. Muitos problemas". E para si mesmo: "E agora, provavelmente, mais um".

○○○

No Pronto-Socorro, os analgésicos e a faixa em torno do tórax aliviaram a dor. O braço, engessado após a fratura ter sido reduzida, doía pouco. Foi liberado logo. O Mercedes e seu motorista preocupado lá estavam, à espera. Foram do atropelado as primeiras palavras: "Tem uma caneta? Você terá a honra de ser o primeiro a autografar o meu gesso". Uma grande risada uniu os dois por bastante tempo.

○○○

Não consigo entender. Ele está rindo de seu atropelamento. É possível? Ele pareceu desconhecer a dor. Agiu com serenidade o tempo todo. Claro que é um avoado, pois não viu o sinal vermelho para pedestres. Ou será que foi mais uma manifestação da minha falta de reflexos? Será que em outros tempos eu não teria evitado este acidente? Ele mora em um apartamento de quarto e sala em um prédio malconservado da Cidade Baixa. Pelo que entendi, vive só. Também não referiu a existência de parentes. Indignou-se quando lhe propus uma indenização.

"Guarde seu dinheiro para os mais necessitados", foi sua resposta. Que sujeito estranho!

Impressionou-me a angústia que li em seus olhos. Ela está lá há muito tempo, bem antes do acidente, pois já deixou algumas marcas. Ele parece não relaxar nunca. Você pode sentir, cheirar a adrenalina. É uma bomba-relógio ambulante esse infeliz proprietário de um Mercedes azul. Que sujeito estranho!

Recostado em minha cama, acomodo-me da melhor maneira para que a dor seja a menor possível. À minha frente, uma foto grande de Marina. Nego-me a dialogar com ela, pois seria muito doentio. Sei, porém, que em seu olhar está uma leve reprovação... "Meu pequeno avoado." É o que ela diria. "Cuide de seu corpo, não o faça correr riscos." É o que ela diria. Rio de mim mesmo, do absurdo da situação, principalmente do número de dias que ficarei aqui recostado vendo o tempo passar. Talvez até perdendo meu emprego.

Ele chegou de manhã, ainda cedo. Estava evidentemente apreensivo com meu estado. Perguntou-me logo como passara a noite, se sentia dores, se me alimentara. Respondi-lhe que estava bem, com um pouco de dor, mas sem problemas. Perguntou-me onde eu trabalhava, se alguma coisa precisava ser feita em relação a meu emprego, alguma comunicação. Dei-lhe o nome da construtora, disse-lhe que era engenheiro-residente em uma das obras na periferia da cidade. Olhou-me longamente sem sorrir, tirou o telefone celular do bolso e transmitiu a informação a alguém para que se comunicasse com a construtora. "Você estacionou aquele seu Mercedes aqui em frente? Vou terminar sendo malfalado, ou atacado pelos vizinhos, em busca de algum empréstimo." Riu-se muito. Quando ria, parecia mais jovem, alguma transformação se operava em seu rosto. Perguntou-me de onde eu tirava aquele humor, apesar das dificuldades. Olhou em torno, confirmando a pobreza do quarto-e-sala mal mobiliados. "Impressionado?", perguntei-lhe. "É o meu reino. Aqui sou rei. Aqui piloto meu avião imaginário e ando pelos quatro cantos do mundo. Aqui sou feliz." Riu-se, um riso simpático que ainda não lhe vira no rosto. Sentou-se no canto da cama, aboletou-se como pôde. Voltou-se para mim e disse: "Pronto. Agora comece a contar-me seu segredo."

○○○

Aqui está ele em minha frente. Atropelado, traumatizado, empobrecido e feliz. Qual será o segredo? Haverá alguma forma de se aprender a ser assim? Eu daria uma boa parte de minha fortuna para ter este olhar sereno e ser o feliz proprietário deste minúsculo apartamento escuro, prensado entre edifícios, um deles, por sinal, construído por mim. Eu jamais imaginaria o mal que fiz ao proprietário desta janela construindo-lhe na cara esta parede sem fim. E ele está feliz. Qual será seu segredo? Quem é este engenheiro quase da minha idade que se submete a ser residente em um prédio em construção após tantos anos de carreira? Aparentemente mora só. Não tem ninguém que o ajude, o estimule, dê-lhe carinho. Mesmo assim, está feliz. Não entendo.

○○○

– Meu segredo? Marina. Seus últimos anos, talvez. Foi com ela que aprendi.
– É esta da fotografia?
– Ela mesma.
– Bonita.
– Beleza serena e discreta. Mas isso não é importante. Beleza interior.

– Como assim?

– Marina era mais bonita no seu lado invisível. Seu coração, sua alma. Sofreu um processo de conversão com seu câncer. E terminou me convertendo.

– Ainda não entendi.

– Enfrentamos juntos a doença. Ela, sem revoltas, pacificamente. Eu, de início, cheio de amarguras. Depois fui aprendendo. **Nossos problemas têm a dimensão que lhes conferimos. Todas as tristezas na vida têm um sentido. Servem para nosso crescimento, para uma vida melhor a seguir.** Marina, por exemplo, está em uma vida melhor. Claro que o que conta é o jeito de enfrentar nossos sofrimentos. Normalmente os encaramos com raiva, o que é até natural, mas é destrutivo. Rir um pouco de nossas dificuldades é o melhor remédio. Por isso estou rindo deste braço quebrado, de minha distração de ontem, da dor que me perturbou a noite. Sabe, quando perdemos o hábito de rir, começamos a morrer. Lentamente...

○○○

Quem é este homem, educado, gentil, inteligente e empobrecido? Cada uma de suas frases para mim é uma revelação. E quem foi esta mulher, aparentemente a única que amou e por quem foi amado? Que estranha influência sua morte desempenhou na vida dele! Que lições ele aprendeu e com que empenho e inteligência dedicou-se a descobrir novos motivos para ser feliz! Nada acontece ao acaso. Começo a compreender que houve um sentido no acidente e em nossa aproximação. Estou tendo uma sensação estranha, misto de ansiedade e desafio. Talvez a mesma sensação que experimento ao localizar um novo negócio, um bom negócio. Há um prenúncio de certezas avolumando-se em minha cabeça. Vou apostar no acaso.

○○○

    Estranho esse homem. Foi diariamente me levar alimentos, frutas, propôs até emprestar-me sua empregada para uma faxina no apartamento. Não fossem as costelas fraturadas, minha recuperação teria sido muito mais rápida. O braço me incomodou pouco, só me impediu de manter a casa em ordem. Surpreendentemente, telefonaram-me da construtora, liberando-me até quando estivesse realmente em condições de voltar. "Não se apresse", disse-me o chefe. E uma recomendação: "Antes de reassumir na obra, telefone para a secretária da Direção". Agora aqui estou, em uma sala de espera magnífica, poltronas confortáveis, café e água disponíveis em um aparador, ar-condicionado perfeito. Não sei o que me espera. Pela afabilidade da secretária, posso ter chances iguais de ser promovido ou demitido. Apresentei-me ao trabalho assim que pude. Na obra, constatei que não sou insubstituível. Pelo contrário, até parece que tudo andou melhor durante minha ausência. Mas não pude deixar de observar que um engenheirinho novo está sendo treinado. Provavelmente para me substituir.

    A porta se abre, sou conduzido a uma enorme sala acarpetada com vista para o rio. Ao longe, a chama do pólo petroquímico gera uma espiral de fumaça. Uma barcaça, provavelmente com areia, desce lentamente em direção ao porto. À minha frente, uma grande mesa quase limpa, poucos papéis e, sentado atrás dela, com aquele mesmo sorriso que o rejuvenesce, ele. Ele mesmo, o do Mercedes azul, o sujeito estranho que passou a visitar diariamente seu atropelado e cuidar de suas necessidades básicas. Com o mesmo sorriso de quando pedi seu autógrafo no gesso do braço. "Você está demitido da obra", falou. "Chega de ser engenheiro residente. Agora a sua mesa é essa aí, ao meu lado, bem menor do que a minha, é claro." Seguiu-se uma risada, talvez a mais espontânea e animada que eu presenciara até ali. Senti que curtia intensamente minha surpresa em sabê-lo dono da companhia em que eu trabalhava.

Explicou-me que esse era apenas um de seus negócios. "Tenho outros, que me tomam mais tempo. Meu outro escritório de trabalho fica aí ao lado, na cobertura do outro prédio, também construído por mim. É maior e mais confortável."

Ainda confuso com a revelação, interrompi: "Tenho duas perguntas. A primeira: por que você tem dois escritórios e duas mesas de trabalho, se só pode usar uma por vez? A segunda: o que você pretende que eu faça nesta sala magnífica, sentado nesta mesa que é quase do tamanho de meu apartamento?". Ele riu muito. Depois, mais sério, falou:

– O que você fará aqui está implícito na primeira pergunta. Até agora eu não percebera esta duplicidade em minha vida. Dois escritórios, dois Mercedes...

– O quê? Você tem outro Mercedes?

Respondeu-me, agora muito sério, testa franzida, como quem está enfrentando um grande problema:

– Esta é a porcaria da minha vida. Tudo está duplicado e fora de lugar. Quero que você fique aqui ao meu lado, atento a tudo, corrigindo erros. **Por favor, ensine-me a viver.**

**Ensinando a viver** Ensinar a viver: este é o meu novo emprego. Como posso ensinar alguém a viver se eu próprio ainda sou aluno nessa matéria? Aliás, de alguma forma, todos somos alunos durante toda a vida. E, infelizmente, minha professora Marina não está mais aqui para me assessorar. Mas, realmente, acredito no aprendizado de uma vida melhor. E a convicção sobre o tema é o pré-requisito mais importante para ensinar qualquer coisa.

Nesse aprendizado, o primeiro passo é querer ter uma vida melhor. O segundo é saber *o que é* uma vida melhor.

O querer mudar parte às vezes de um fato inusitado, de uma constatação, de uma busca. Ou de uma necessidade. É como dizem: tem de cair a ficha. O acaso é um poderoso aliado para uma mudança saudável. No meu caso, terrivelmente eficientes foram a doença e a morte de Marina. Foi a segunda tragédia de minha vida. Desta, porém, saí em franco crescimento, pois na primeira a depressão quase me destruiu. Mas essa já é uma história sepultada no passado.

Mudar. Isso implica confissão. Confessar a má condição prévia e buscar uma nova alternativa. Isso inclui, em primeiro lugar, a capacidade de perceber o quanto é ruim a situação em que vivemos. Tem muita gente que considera a vida inexoravelmente imutável. **Aprendi nos últimos anos que há poucas coisas que não podem ser mudadas e que, portanto, devem ser literalmente aceitas.** Todas as demais deveriam estar em contínua revisão. A capacidade de revisar as premissas mais fundamente arraigadas é um poderoso mecanismo de longevidade. Além disso, o cérebro humano é "novidadeiro", adora mudanças e surpresas.

Vi outro dia uma entrevista de um *expert* em memória, um médico com sotaque argentino, Izquierdo só no nome, mas muito direito e direto em suas afirmações. Ele falava que novos desafios fazem bem ao cérebro, mantendo por mais tempo sua capacidade de memorizar e discernir.

Falando em mudanças, o almirante Nimitz cunhou a frase mais conhecida: "Deus me dê forças para aceitar as coisas que não podem ser mudadas, mudar as que devem e a saber a diferença entre elas". Não acho difícil saber a diferença. Sinceramente. É óbvio que tenho que aceitar alguns pesos genéticos que levarei comigo até o fim da vida. Mas posso atenuá-los. A incidência de câncer de cólon é um deles. Um estado permanente de alerta muito provavelmente me livrará dessa doença, que liquidou com minha mãe, meus tios e meus avós. Mas não posso acrescentar um palmo à minha altura, nem mudar meu jeito sonhador e romântico.

Mudar é uma missão difícil. Em minha opinião, só deve iniciá-la quem está absolutamente convencido de sua necessidade. Caso contrário, será apenas mais um obeso fazendo dieta junto com toda a família que se sacrifica unida para dar-lhe apoio, enquanto ele come suas empadinhas escondido no bar da esquina. Ou, então, a vontade de acabar com o sedentarismo fica no ímpeto da compra da raquete de tênis, do uniforme ou dos tacos de golfe, extinguindo-se, naturalmente, em horas e deixando para trás uma tralha, verdadeira massa falida de uma decisão sem convicção. Muita esteira de exercício termina servindo de cabide no quarto dos atletas arrependidos.

Obesidade e sedentarismo são apenas dois problemas que devem ser enfrentados para uma mudança de estilo de vida. E talvez não sejam os mais difíceis. Extremamente complicada é a mudança de comportamento, da maneira de pensar, pois hábitos arraigados ao longo de uma vida não são varridos espontaneamente.

Nossas ambições nos frustram à medida que se tornam irreais. Por isso cultivamos a depressão. O dilema humano é a distância entre o necessário e o desejado. Quanto maior o afastamento, maior a frustração. O possível e o sonhado são, em geral, parentes muito distantes. **A felicidade está em se querer muito o que já se tem e desdenhar sinceramente do resto. A felicidade está em aceitar com alegria o que nos concedeu a sorte, o destino, o trabalho, nosso talento ou mesmo o acaso. Chame-se como se quiser.**

E há ainda a questão do gatilho que desencadeia as mudanças. Paixão, uma nova paixão, talvez seja o melhor desencadeante. Uma paixão motivadora pode nascer com um novo filho ou um novo neto, ou com uma nova relação afetiva. Ou, simplesmente, paixão pela vida, por uma nova vida. É preferível que o gatilho não seja um infarto, um câncer ou o primeiro derrame cerebral. Esta é a forma mais dura, mais cruenta. Hoje, retrospectivamente, preferiria ter vivido melhor com Marina a meu lado, caminhando de mãos dadas em direção ao futuro, sem tentar corrigir um passado que já não posso reviver.

○○○

Deixei um bilhete em sua mesa:

**Lição número 1:
Só mude a sua vida se estiver convencido da necessidade de mudar.**

**Reaprendendo a viver** Chegando em Mirassol, deixaram o carro debaixo de uma castanheira da praça. Era quase meio-dia, o calor estava forte e um pingo de pessoas circulava no mormaço. A igreja matriz, há muito sem pintura, estava fechada. No lado oposto da praça havia um misto de hotel e pensão, com um letreiro surrado pelo tempo anunciando "temos vagas". Era o tipo de lugar onde sempre haveria vagas. Atravessaram a praça em direção ao bar do bilhar, que ainda estava intacto, tal qual a memória o recordava. O dono não era o mesmo, nem os jogadores, mas o local não mudara. Continuava o mesmo cheiro de cigarro impregnado no ar, nas paredes, no feltro da única mesa de jogo. Ninguém o reconheceu. Fazia muito tempo desde que estivera em Mirassol pela última vez. Seria muito improvável encontrar algum conhecido após tantos anos.

As primeiras informações obtidas com o novo dono do bar revelaram que muitos dos velhos conhecidos haviam morrido, outros se mudaram. O padre gordo que lhe conduzira nos primeiros passos do catecismo, a professora que o alfabetizara, o velho da sorveteria, todos desaparecidos, tragados pelo tempo, naquele lugar onde o tempo parecia não passar. Mirassol era mais um território estranho, abandonado, sem dono.

Foram ao cemitério. O túmulo de seu pai lá estava, bem ao fundo. Já sua mãe e irmã foram encontradas com dificuldade. Não havia flores, não havia mais pintura, apenas os nomes em letras metálicas, enferrujadas. O capim avançava em direção aos túmulos com o mesmo ar de abandono do resto do cemitério e da cidade.

Em voz baixa, respeitosa, os dois conversavam:

– Vamos começar por aqui?

– Você acha isso importante?

– Considero fundamental. Você tem de resgatar seu passado. Quem não tem passado não pode ter futuro.

– O que devemos fazer?

– Em primeiro lugar, vamos conseguir algumas flores, um pintor... Nós mesmos vamos arrancar a capoeira que invade os túmulos. Você tem fotografias deles?

– Já tive. Perdi há anos, em uma das mudanças de casa. Não gosto de fotos.

– Sabe, não consigo entender como ninguém daqui se orgulha de existir um filho de Marissol rico e bem-sucedido, conhecido nacionalmente.

– A culpa é minha. Nunca voltei para cá, nunca reconheci a minha origem.

– Vamos corrigir isso também. O reencontro com você mesmo começa aqui e agora. Mirassol é o melhor cenário para isso. Procure lembrar quem você era quando viveu aqui. Do que gostava, o que fazia. Aquele era o seu "eu" real. O de hoje está muito contaminado. Você tem de reencontrar aquele garoto, se quer ser feliz.

E com voz incisiva e olhar agudo:

**– Lição número 2:**
**Aceite-se como você é! Retorne à sua origem!**

Em seguida, buscaram a antiga casa da família. Ficava afastada da rua principal, em uma encosta de vegetação baixa, que parecia terminar em uma plantação de milho. A rua, erodida pela chuva, demonstrava claramente que poucos carros passavam por ali, o que era compreensível, pois raras eram as casas ao longo do caminho. A casa ainda existia. Alguém morava lá, pois as janelas estavam abertas, as cortinas brancas balançavam lentamente. Era um chalé de madeira não muito grande, mas com mostras de ter vivido dias melhores. Sua cor ficara indefinida pelo tempo, havia vestígios de várias pinturas e alguns consertos no telhado. O jardim era pobre, mas esboçava alguma tentativa de organização. Algumas azaléias procuravam ocupar espaços e colorir o ar sem muito resultado. Os envelhecidos degraus da soleira ringiam a cada passo. A porta se abriu à primeira batida, como se alguém estivesse à espera.

Uma mulher aparentando muita idade recebeu-os com um olhar inquisitivo. Olhou inexpressivamente para o indivíduo baixo e magro à sua frente. Ao voltar-se para o outro, mais alto e mais gordo, demonstrou claramente seu espanto:

– Você? Você voltou?

### ooo

Esquecera-se completamente da velha tia, irmã de seu pai. Em realidade, considerava-a morta há muito tempo. Era ela, Aurélia, quieta, discreta, de poucas palavras, uma sombra na família, sempre ajudando sua mãe nos afazeres da casa. Aurélia, irreconhecível agora, por sua corcunda, seus ombros caídos, a pele encarquilhada. Olhou-o longamente sem sorrir, depois convidou a entrar. Ele invadiu a sala vagarosamente, como quem entra em um esconderijo há muito abandonado. Lá estava a estátua do Coração de Jesus na parede principal, com uma lâmpada acesa ao lado. Lá estava o quadro da Última Ceia, reprodução grotesca de um Da Vinci que jamais imaginou terminar em uma parede em Mirassol. Lembrou-se das conversas com seu pai, quando insistia em saber cada um dos nomes dos apóstolos sentados à mesa, sempre localizando-os de imediato e odiando Judas com seu saco de dinheiro. Havia ainda algumas fotos sobre a velha cômoda, esconderijo ideal para os jogos de esconde-esconde com sua irmã. Aurélia mirava-o discretamente, pesquisando em seu rosto suas reações ao ver as fotos desbotadas pelo tempo. Aurélia foi a primeira a perceber suas lágrimas ao ver seus pais, irmã e ele próprio, ainda garoto de calças curtas, sorrindo muito. Ele recordava bem cada um daqueles momentos, pois fotografia, naquele tempo, significava ocasião especial, aniversário, festa na família.

– Você se parece muito com seu pai. Levei um susto agora há pouco. Parecia que ele tinha voltado para me buscar.

Lentamente, ela foi até a cômoda, abriu a gaveta de baixo, e um mundo de envelopes amarelados, selados e carimbados pelo correio saltou para a vida. Estavam lá dentro fazia anos. Eram mais de trinta cartas enviadas e retornadas por endereço errado.

– Você devia ter mandado seu endereço. Mesmo que voltassem, eu continuava escrevendo, na esperança de que alguma delas chegasse até você. Veja, estas eu mandei para a televisão, onde você apareceu um dia inaugurando qualquer coisa que tinha construído. Elas também voltaram. Tome! São suas.

### ooo

Estou espantado. Aqui em minha frente está o passado que procurei enterrar. Todo ele. Por escrito. Fatos que eu não acompanhei, momentos que não presenciei, mas que reconstituem minha vida familiar, minha infância, minha história. Este retorno a Mirassol está sendo o reencontro que imaginávamos. A volta às minhas origens. Emocionei-me no cemitério, no bar do bilhar e agora aqui, nesta casa, onde sinto a presença das únicas pessoas que realmente me amaram. As primeiras cartas que li são impressionantes. Descrevem com absoluto realismo os últimos dias de meu pai, frustrado por minha ausência, as orações de minha mãe para que eu me desse bem na vida onde quer que estivesse naquele momento. Minha tia revelava uma inteligência lúcida em seus comentários, sempre certa de que eu voltaria um dia.

### ooo

— A casa é sua. Cuidei para você. Ultimamente, tenho tido menos força para lidar com o jardim e os consertos. E o dinheiro da aposentadoria só dá para a comida e os remédios.

— Não, tia Aurélia, a casa é sua. Mas permita que eu a arrume, pinte, melhore um pouco sua vida, mande-lhe dinheiro, ponha uma empregada para ajudá-la, leve-a a bons médicos. Enfim, um mundo de coisas que eu posso lhe proporcionar.

— Não, meu filho. Agora vou morrer em paz. Eu só estava cumprindo a promessa que fiz a seu pai de lhe entregar o que é seu. Foi a motivação de minha vida. Seu pai achava que, lhe oferecendo algum bem, alguma herança, você voltaria.

— Tia Aurélia, sua missão não terminou. Você tem que me dizer quem sou eu, quem fui, quem é minha família, o que sobrou de tudo isso em minha alma e meu coração. Já posso ver que não sou digno da maravilhosa família que tive.

— Ora, quem é você? Você é o Pedro. O menino levado que destruía as rosas do jardim com sua bola, mas que nós todos amávamos. E por quem choramos todos os dias por ter nos deixado sem retorno, sem dar notícias. Sente-se, relaxe. Você voltou para casa. Aqui estão seus primeiros sonhos, aqui ficou sua essência. Continue lendo suas cartas. Você tem uma longa leitura pela frente. Será um longo reencontro com você mesmo, com o Pedro que ainda está dentro de você.

— Sim, eu sou o Pedro. O mesmo Pedro. Quero voltar a ser o Pedro que você conheceu. Quero descobrir que sonhos me fizeram sair pelo mundo. Que respostas fui procurar. Pois agora, tanto tempo depois, já esqueci quais eram as dúvidas e as perguntas que me jogaram no mundo.

E as lágrimas falaram por si só, pelo resto do dia.

○○○

Assisti hoje a uma das cenas mais tocantes de minha vida. Sinceramente, acredito que, se jamais tivesse saído de Mirassol, talvez Pedro pudesse ter sido mais feliz. A ambição provoca profundas mudanças na vida e nem sempre para melhor. É tudo uma questão de estabelecer os próprios horizontes, até onde precisamos ir para encontrar a felicidade. Na maior parte das vezes ela está aí, bem à frente, esbarramos nela e não a reconhecemos. **O pior cego é o que não vê a própria felicidade. Passamos pelo mundo à procura do que já temos. "Eu era feliz e não sabia!", esta é a pior constatação que alguém pode fazer.**

**Disso posso tirar a lição número 3: O melhor lugar é ao lado da melhor pessoa.**

OOO

O prefeito ria sozinho. Nunca imaginara ganhar, em nome da cidade, aquele presentão. O sujeito à sua frente o surpreendia a cada minuto. Primeiro comunicara-lhe a construção e manutenção, por sua conta, de uma escola profissionalizante para a juventude local, para abrir suas perspectivas profissionais, criar novos negócios e novos empregos e, assim, mantê-los vivendo na região. A evasão para a capital estava intrinsecamente ligada à falta de oportunidades locais. Depois veio a oferta surpreendente de asfaltamento da rua principal, que se tornava um lamaçal intransitável nos dias de chuva. E, finalmente, o lar para velhos. Era tudo um sonho.

As máquinas chegariam no dia seguinte, deslocadas de uma estrada em construção na região por uma companhia aparentemente de propriedade desse ilustre cidadão de Mirassol. Pedreiros e pintores já andavam pela cidade arrumando a casinha da rua da ladeira e os túmulos do cemitério. As plantas da escola já estavam sobre a mesa, o início da construção era uma questão de dias. Puxando distraidamente a ponta de seu bigode, o prefeito já imaginava a barbada que seria a próxima eleição. Um sonho. Puro sonho. Claro que atenderia o tão justo pedido de dar o nome da irmã desse nobre cidadão à nova escola, e, como bônus, denominaria uma das ruas principais com o nome de seu pai. "Aqui em Mirassol, dr. Pedro, o senhor manda, não pede."

○○○

O sanduíche do bar do bilhar era particularmente saboroso e a cerveja, absurdamente gelada. Os freqüentadores de início se intimidaram com a presença dos dois estranhos. Já correra pela cidade a notícia do retorno do Pedro milionário, aquele garotinho franzino de olhar esperto, quem diria... Os mais velhos contavam histórias sobre ele, procuravam lembrar fatos e ampliavam generosamente a verdade ao apregoar suas qualidades e sucessos. Na verdade, quase ninguém realmente sabia o que Pedro fizera durante os longos anos que estivera longe. Havia clima de festa em Mirassol. Nas portas do bar, uma pequena multidão se acotovelava, tentando decidir qual dos dois em torno da mesa de bilhar era Pedro: o gordo alto ou o magro baixo. A identificação tornou-se fácil ao iniciar uma nova partida. Pedro não perdera seu brilho, apesar de suas tacadas já não serem como as de antigamente. Ao final, uma rodada de cerveja para os adultos e refrigerantes para as crianças e demais curiosos da calçada. Por conta do dr. Pedro, é claro.

**Embarcando o afeto**   Meu filho está frágil à minha frente. Praticamente invadiu meu escritório, desabou sobre o sofá e disse-me que precisava muito de mim. Como pai, como amigo. Precisava de apoio, de conselhos, de um ouvido amigo. Ouvidos atualmente andam em falta. Sobram bocas e línguas. Bons ouvidos são raros. Meu filho está carente e indefeso e me procura. Aí está ele à minha frente, o filho que mal conheço, o filho que Rafaela se deu e logo me sonegou. O filho que fui conhecer já adulto, cheio de tatuagens que me deixaram perplexo. Seu jeito de falar me irrita. Aqui está ele, vencido, batido. Queixa-se de não poder contar com a mãe, com amigos. Lamenta-se de ter me rejeitado e, assim, ter perdido tanto tempo de convivência comigo. Vem para assumir sua condição de filho pródigo arrependido. Quer ser meu amigo.

Meu coração amolece. Sofro intensamente com cada palavra, cada frase de seu lamento. Pobre criatura que, para sobreviver, para afirmar-se, teve de se esconder atrás de tatuagens. Está visivelmente maltratado pela vida. Que idade terá hoje? Mais de vinte, calculo. É um rapaz bonito, cabelos loiros, tem a minha altura, parece-se com a mãe.

Dou-lhe as mais calorosas boas-vindas a meu mundo. Peço-lhe que se acalme, que tudo sempre tem uma solução. Ele agora não está mais só. Tem um pai. Levo-o para minha casa, destino-lhe um dos tantos quartos. Emociona-se. Passa a mão sobre os lençóis finos da cama e um choro fininho e incontido domina-o. Fico imaginando por onde terá dormido ultimamente.

Em que buracos terá se metido. Que horrores passou para sobreviver. Depois do banho e das roupas limpas, já transformado em um príncipe bem-alimentado, senta-se à minha frente na sala e lhe faço a pergunta inevitável: "Drogas?". Olha-me surpreso, sorri levemente. A resposta parece tardar uma eternidade: "Só cigarros". Contive meu ímpeto de comemoração. Digo-lhe sério: "Também é droga. Só que mata mais lentamente". E ele, com um olhar malicioso: "Ótimo, não tenho pressa". E eu: "Há regras nesta casa. Eu e os empregados cumprimos. Você também terá de obedecê-las. Aqui não se fuma". Olhou-me longamente: "Quero parar. Preciso de ajuda". Digo-lhe: "Há um remédio que funciona. Nosso médico poderá prescrevê-lo. Toma-se por dois meses, pelo menos. Em duas semanas você já consegue parar, pois a compulsão do vício desaparece. Há também adesivos cutâneos, mas você não pode fumar enquanto os aplica. Eles apenas substituem a nicotina do cigarro pela absorvida através da pele, em doses progressivamente menores, na tentativa de tirar o hábito. Vamos falar com o médico. Acho que o remédio é melhor. Mas tudo isso não funciona se você não estiver firmemente decidido a parar de fumar. Como você pode ver, sou autoridade no assunto. Você deve conhecer bem o inimigo para vencê-lo. Eu venci. Mas foi duro".

Meu filho alongou-se no sofá com um sorriso sereno nos lábios, próprio de quem se sente seguro. E adormeceu.

○○○

Não tive filhos, por isso tive menos motivações na vida. Um filho é um estímulo constante. Pedro agora tem uma família. Esse filho ressurgido agora está lhe fazendo muito bem. De início, oscilou entre a culpa e a raiva. Culpa de não ter acompanhado seu crescimento, não tê-lo protegido, deixando-o passar pelo inferno. Raiva da mãe que o sonegou, o escondeu, pois sabia que era a melhor forma de ferir o pai.

Indiscutivelmente, o acaso sempre colabora. O garoto é dócil, bom caráter, só que foi abandonado muito cedo. Viveu aqui e ali, sempre com a imagem negativa do pai que a mãe lhe transmitiu. Sempre são as mães que fazem o conceito dos pais perante os filhos. Rafaela foi implacável.

Foi com Albert Schweitzer, médico missionário enfurnado no interior da África, que aprendi a **regra número 4: "Se quiser viver muito, tenha memória curta"**. Falei a Pedro que ele deve **aprender a perdoar e pedir perdão**. Ele dedica até hoje um rancor profundo a Rafaela, completamente desnecessário. **O segredo está em revisar posições anteriores e esquecer, arquivar no passado rancores e mágoas.**

Pedro já é uma pessoa transformada. Vai de manhã para o escritório escoltado por seu "novo" filho. Pacientemente, gasta horas ensinando-lhe princípios básicos de administração. Terminei também incumbido de parte dessa tarefa. Pedro parece estar iniciando a preparação de seu substituto. O garoto é inteligente, é parceiro, aprende rápido. Parou de fumar, anda sempre de paletó, até gravata está usando. Freqüentemente encontro Pedro sorrindo, olhar perdido, observando seu filho no escritório, ao telefone ou dando ordens às secretárias. O garoto tem sua genética, sabe mandar, ouvir e pedir. Como o pai, exerce autoridade sem demonstrar poder. As pessoas sentem-se seduzidas, e não obrigadas. Pedro induziu Rafael a voltar aos estudos, fazer Engenharia ou Administração. O garoto aceitou e está se preparando para o vestibular. Pedro está quase feliz. O filho pródigo voltou.

**Falando seriamente sobre empresa** É domingo pela manhã, primavera por todos os lados. Os dois conversam na varanda da casa de Pedro, olhando o rio, um espelho de águas azuis.

– Pedro, você se considera um empresário bem-sucedido?

– Claro que sim. E os balanços anuais de minhas empresas parecem confirmar.

– Mas essa não é a única medida. Existem outros valores a serem avaliados.

– Como assim?

– Por exemplo: você se considera um empresário sério?

– Acho que sim. As intenções é que valem. Minhas intenções são sempre corretas. Pelo menos, procuro ser correto o tempo todo. Nunca discuti com meu financeiro alguma forma de sonegar impostos. Em minha vida associativa e sindical, tenho lutado ferozmente contra a carga tributária a que somos submetidos, mas nunca deixei de pagá-la. Acho que não seria justo com a população carente, que é quem mais é prejudicada pela sonegação. Revolta-me, no entanto, pagar ao governo e não ver o benefício chegar até os que necessitam. Tenho consciência de que nem todas as pessoas conseguem gerar riquezas diretamente, mas contribuem com quem sabe produzir e, por isso, têm direito à sua parte do resultado. Fui dos primeiros a distribuir lucros e ações para funcionários.

– Concordo. Você falou em ser justo. Isso pode significar muito mais do que pagar impostos, recolher tributos sobre salários, remunerar bem seus colaboradores. Você pode não ser justo de outras formas. Poluindo o ambiente, por exemplo. Por ganância, ao executar um projeto que destrói o meio ambiente. Ou ainda: não imaginando que pessoas habitarão os edifícios que você constrói. Considero injusto que, na tentativa de reduzir custos, se desconsiderem o conforto e a segurança do comprador.

– Acho que você está sendo hipotético.

– Pode ser. Mas, veja, Deus é bondoso, deu-me tudo o que preciso. Oxigênio para respirar, água cristalina para beber e flores para admirar. Não paro de agradecer por tudo o que recebi de graça, sem nem mesmo ter pedido. Pelo simples ato involuntário de nascer, tornei-me proprietário deste mundo maravilhoso que me circunda. Não preciso apossar-me dos jardins, dos vales ou das montanhas para admirá-los. Os homens, infelizmente, não entendem essa realidade e terminam complicando a vida, destruindo tudo em que põem a mão. Até você deve fazer essa reflexão. Antes, de qualquer lugar, podíamos admirar o rio, as colinas em torno dele. Hoje vemos edifícios. Só há edifícios. O ser humano meteu sua mãozinha gorda na paisagem... Você participou dessa destruição e nem será eternizado por sua obra, pois arranha-céus não produzem belas ruínas. Do meu quarto, de minha única janela para o mundo, vejo uma de suas paredes. Antes eu via um parque com suas árvores e pássaros e, mais ao fundo, o rio. Se o edifício que você construiu ao lado tivesse respeitado os recuos tradicionais, eu ainda veria o parque, suas árvores e pássaros. A ação de interesses sobre os órgãos de governo muda as regras sem considerar as pessoas. O jogo de influência pode mudar quase qualquer lei. Sei que você não tem culpa disso, esse é o jogo proposto e, se o empresário não for eficiente em jogá-lo, será tragado pela voracidade da concorrência. Mas seria uma boa hora para melhorar a consciência coletiva de preservação deste nosso alquebrado planeta e tornar, por exemplo, a poluição visual uma das preocupações de sua construtora. Não lhe parece? Vivendo em sociedade, você tem de aprender a ser solidário. O egoísmo não tem futuro, pois termina destruindo o egoísta. Às vezes, por um lucro irrisório, podemos interferir negativamente na vida das pessoas. E se estabelece uma cadeia de prejuízos. Eu prejudico meu vizinho, que prejudicará, por sua vez, seu vizinho. Temos de romper essa corrente e pensar direto no resultado final. Como podemos todos ser felizes ao mesmo tempo? Só serei feliz se conseguir contribuir com a felicidade de todos que me cercam, ou que de alguma maneira estiverem envolvidos comigo.

– É duro de ouvir, mas admito que é assim que as coisas funcionam até nas minhas empresas. Na maior parte do tempo, no mundo dos negócios, respondemos a uma só pergunta: é bom para mim? A pergunta seguinte é geralmente esquecida: é bom para todos os interessados? Sinto uma profunda irritação e decepção quando vejo meus funcionários competindo entre si. Às vezes, esquecem que o concorrente está fora dos muros da empresa e tentam destruir-se mutuamente. É a teoria: mate seu inimigo enquanto ele ainda não tiver forças. É a competição patológica, grande geradora de doenças, úlcera e infarto, principalmente. Com minha experiência, posso identificar precocemente quem são os funcionários que morrerão mais cedo. Isso me irrita profundamente, pois a competição patológica baseia-se em um único objetivo: promoção pessoal. Ninguém lucra com isso, nem cliente, nem empresa. Pelo contrário: a empresa enfraquece com essa dispersão de esforços e energia gastos em disputas internas. Confesso que, em relação à ética dos negócios, eu mesmo tenho sido um pecador ocasional. Mas estou aprendendo a caminhar sobre a linha com maior desenvoltura.

– Você tem razão, Pedro. A solidariedade no trabalho facilita a vida de todos, melhora o ambiente, aumenta a produtividade, libera a criatividade. Existe algo que se possa fazer para resolver esse problema?

– Tenho pensado nisso. Talvez criando um programa que poderíamos chamar de "empresa solidária", com pontuação diária avaliando a ajuda mútua. Ou, ainda melhor: estimulando exemplos de solidariedade com clientes. Ocorreu há um mês um fato inusitado. Houve uma reclamação por telefone sobre vedação de embalagens em minha fábrica de produtos alimentícios. O telefonema vinha de Maceió. O funcionário encarregado resolveu o problema na hora, investigando todos os detalhes com o fornecedor das embalagens e com nossa área industrial, e deu retorno ao cliente. O funcionário da mesa ao lado ouviu tudo e, apesar de não estar envolvido, lembrou que sairia em férias a Maceió em quinze dias. Anotou o endereço do cliente e visitou-o pessoalmente, presenteando-o com um *kit* de produtos nossos. Nem preciso contar qual foi o resultado. Adquirimos um amigo e um investidor. E promovi o funcionário, por sugestão do próprio cliente. Acredito que, no passado, mesmo quando os recursos eram mais escassos e a vida mais dura, as pessoas fossem mais solidárias. O individualismo é relativamente recente e parece ser um subproduto indesejável da revolução tecnológica e do capitalismo. Tenho pensado muito sobre isso ultimamente. A vida seria mais fácil se houvesse melhor comunicação e interação entre as classes sociais. Nesse ponto, comunismo e capitalismo falharam redondamente. Nenhum demonstrou ser a solução. Vivemos em um mundo de castas incomunicáveis entre si. Não importa a qual regime político elas estejam submetidas. Por alguma razão, delegamos aos políticos a tarefa de integração. Mas nem sempre eles a executam, ou pior, às vezes têm intenções pessoais ocultas ou tão explícitas quanto garantir a reeleição. Assim, todo o sistema fica comprometido. Tenho um amigo que diz que a vida do pobre é difícil porque "pobre só tem amigo pobre". Ele não consegue romper o anel da pobreza. Imagine um pobre que tenha um amigo em outro nível social. Ele encurta caminhos, resolve problemas com maior facilidade. Vivemos ainda em uma sociedade de "quem conhece quem". Se você conhece alguém em cada setor da vida cotidiana, tudo fica facilitado. Esta não é a sociedade do direito e da justiça. É a sociedade da influência. Chego a admitir que influência aqui é mais importante do que dinheiro, apesar de que este último reforça muito a primeira.

**– Aqui vai uma regra de grande importância (é a de número 5): Os valores materiais influem muito pouco em sua felicidade. Dinheiro não é tudo.** O problema é o estabelecimento de limites entre o que você precisa e o que você quer. Há duas maneiras de ser rico. Uma é ter realmente muito dinheiro. A outra é estar feliz com o que se tem. Em realidade, para viver bem, precisamos de muito pouco. Mas a questão é que sempre queremos mais. O fator inveja é um grande mobilizador do ser humano. Vemos o carrão do vizinho e desejamos um igual, lutamos por ele como se fosse o objetivo mais importante da nossa vida. Mas quando conseguimos, o vizinho já mudou para outro ainda melhor, e nossa frustração só aumenta. Por isso é que, segundo o economista inglês Richard Layar, professor da London School of Economics, o índice de satisfação de vida vem caindo nos Estados Unidos, enquanto a riqueza individual aumentou três vezes. Dinheiro não se correlaciona com felicidade, só com conforto. E freqüentemente confundimos conforto com qualidade de vida. São coisas diferentes, às vezes até opostas. Essa lição me ajudou muito na vida. Quando descobri que não conseguiria ter tudo, decidi optar pelo que era realmente necessário. Abandonei o supérfluo e me surpreendi com a quantidade de coisas inúteis que acumulamos. Roupas em excesso, objetos sem finalidade. Um desperdício. Como me dizia um amigo: saber ganhar dinheiro é mais fácil do que saber gastá-lo adequadamente. Felizmente, acordei. Marina me despertou da fantasia. Mostrou-me que, além de saúde, alimento, emprego e moradia, muito pouco é necessário. Hoje, posso dizer, minha única extravagância é meu supertênis para caminhar. Afinal, ele cumpre uma missão importantíssima, pois é na caminhada que mantenho minha saúde. Por falar nisso, Pedro, vamos caminhar? O dia está lindo e, a esta hora, o parque está exalando perfume de flores e plantas. Você ainda não conhece o prazer de uma boa caminhada em uma manhã de primavera.

– Não tenho tênis. Mas vou pensar em investir em um par igual ao seu. São muito caros?

**Pedro reencontra seu corpo** – Você está levando realmente a sério esta idéia de transformar sua vida. Você já buscou suas origens, já criou vínculos com Mirassol, reviu algumas das imagens de sua infância, reaprendeu a comunicar-se com aquele mundo que você buscou esquecer. Sua tia facilitou-lhe a tarefa, pois refez sua memória. Depois você reencontrou seu filho. Na verdade, você *ganhou* um filho que nunca fora seu a não ser pelos vínculos de sangue. Você já é outra pessoa. Mais calmo, menos sisudo. Já o vi rindo algumas vezes. Agora chegamos a você, à sua condição física. Quando foi sua última revisão de saúde? Quando foi seu último teste de esforço? Seu colesterol, sua glicose, sua pressão, como andarão? E esse seu sedentarismo? Você já prestou atenção em sua barriga?

– O que tem minha barriga com tudo isso?

– Fiquei observando você ontem, lutando bravamente para comprar o terreno de seus sonhos, onde quer construir um *shopping center*. Você colocou toda a sua energia na negociação. Seus olhos brilhavam, sua cabeça girava em alta velocidade.

– Claro! Aquele era um negócio imperdível que, graças a Deus, se concretizou.

**– Sua vida é um negócio imperdível! Você deve protegê-la todos os dias. E agradecer a Deus.**

ooo

Pedro levanta-se devagar, visivelmente atingido pelas palavras. Vai até a janela e fica acompanhando um barco que descia vagarosamente o rio. Em sua cabeça, um turbilhão de pensamentos. Era o momento da admissão de suas incompetências. Havia gastado a vida valorizando suas conquistas materiais, quando sua maior vitória era estar vivo. Tinha profundo amor pelo patrimônio que conseguira acumular. Mas seu maior bem era a vida. E faltava-lhe justamente amor pela vida, que devia ser sua motivação principal. Ontem mesmo, ao fechar o negócio tão esperado e sonhado, a emoção durara-lhe apenas algumas horas. Em seguida já estava preocupado em dar andamento ao projeto, o maior que já executara. Excitava-o a idéia de estar de novo correndo riscos, para crescer, para expandir-se. Não tivera tempo para comemorar. Aliás, não costumava comemorar. Ao contrário, lançara-se na nova iniciativa como um autômato. Isso era prazer de viver? Isso era amor pela vida? Nem tanto. Nem tanto...

"Você é refém de seu corpo. Trate-o bem para que sua alma sobreviva nele por longo tempo." Foi o que ele me disse. Pois na minha vida está tudo ao contrário. Estou em uma corrida para ver os limites de meu corpo, saber o quanto ele pode agüentar. Estou muito pesado, minha barriga atrapalha meus movimentos, mal consigo calçar meus sapatos, que há muito não são de amarrar. Durmo mal, quando acordo pela manhã é como se tivesse carregado sacos de cimento por toda a noite. Sou um roncador. Às vezes, acordo com meus próprios ruídos. Como durmo só, não sei se faço parada na respiração, mas acredito que sim, pois acordo muito cansado pela manhã. Outras vezes, acordo sobressaltado, com a sensação de falta de ar, de afogamento. Há dias que mal consigo dirigir, pois corro o risco de adormecer. Após o atropelamento, passei a usar um motorista para evitar outros acidentes. Aliás, falando no atropelamento, nunca fiquei seguro de não tê-lo provocado em um cochilo involuntário.

Tenho realmente comido com voracidade, como se quisesse compensar meus problemas com prazeres básicos. Às vezes, digo para mim mesmo: "Já tive más notícias em quantidade suficiente para o dia de hoje. Vou comer para esquecê-las". No passado, felizmente há mais de dez anos, essa também era a explicação para a bebida em excesso. Hoje não bebo destilados, só vinho em quantidade moderada, um cálice por refeição. Segundo tia Aurélia, meu pai morreu diabético. Vivo me observando para ver se estou urinando muito, se ando com muita sede, com a boca seca, sempre sob o espectro do diabetes.

Meus hábitos alimentares, eu sei, são completamente equivocados. Não poupo meu organismo de nada. Como gordura em excesso, sobremesas de todo tipo. Às vezes faço fantasias de que tenho um vulcão prestes a explodir em algum lugar do meu corpo. Qual será o órgão premiado? O fígado, o coração?

Mas, ao mesmo tempo, sinto um prazer quase mórbido em não fazer nada, em deixar que a vida e a natureza decidam. Estou sendo um mero espectador. Já há muito abandonei minha condição de ator e diretor. Deixei de dirigir o espetáculo, passei a assisti-lo. Tenho acompanhado desinteressadamente o desenrolar do enredo como se fosse apenas um ensaio, e não a própria vida em execução. Mais uma vez, ele tem razão: **"Você é refém de seu corpo. Trate-o bem para que sua alma sobreviva nele por longo tempo."** Essa foi **a regra número 6** que ele me transmitiu.

**O médico afundou-se em sua cadeira giratória** – Atualmente, os exames que solicitamos são cuidadosamente selecionados, com o objetivo de nos anteciparmos à doença. Por isso, após os cinqüenta anos, além de ecografia de carótidas, também fazemos ecocardiograma, eletrocardiograma com esforço, ecografia abdominal e raios X de tórax. Todos têm uma finalidade. No sangue pesquisamos a glicose, o colesterol e seus componentes bom e ruim, além dos triglicérides. Também identificamos a proteína C reativa, que é uma substância que fica elevada quando o indivíduo apresenta placas de gordura em evolução dentro das artérias. Com ela conseguimos prever e antecipar infartos e derrames cerebrais. Portanto, colesterol, glicose elevada, hipertensão, estresse, obesidade, sedentarismo e genética são os vilões mais comuns. Mas há outros a serem investigados, como a proteína C reativa, o ácido úrico e a hemoglobina glicada. Esta última é uma espécie de memória da glicose das últimas semanas. Além disso, vamos medir, no sangue, marcadores de vírus, de câncer, e hormônios de tireóide. Como já falei, todos têm sua finalidade.

ooo

Após alguns minutos revisando os exames, o médico olha para Pedro com um sorriso.

– Você é mais um destes casos típicos que temos às centenas: sucesso nos negócios, descaso consigo mesmo. Muitos de vocês pagam um enorme preço. Alguns até perdem a vida precocemente, na tentativa de sobreviver aos negócios. A doença do coração se instala aos poucos. Passamos nossa vida construindo nossos infartos, lenta e descuidadamente. Mas, quando a crise financeira do setor profissional aperta, surgem algumas vítimas. Já aconteceu com os fazendeiros, depois com os fabricantes de calçado e, recentemente, com o pessoal das bolsas de valores. Esses são os mais propensos.

– A construção civil já entrou nessa? – pergunta Pedro, bem-humorado.

– Acho que ainda não. Por isso acho bom prevenir. Aqui está a lista de seus problemas:

1. Sua glicose está em 118mg%, quando deveria estar abaixo de 110. Isso significa intolerância à glicose, ou seja, um sinal de alarme. A insulina que você produz ou não é suficiente ou não tem qualidade para consumir toda a glicose que você ingere. E a sua hemoglobina glicada estando alta confirma que sua glicose tem estado sem controle. Perdendo peso e reduzindo a ingestão de doces e carboidratos, você recupera a situação anterior.

– Estou diabético?
– Não, ainda não. Mas já acendeu uma luz vermelha no painel. Se sua glicose estivesse persistentemente acima de 126 mg%, você seria considerado diabético.

2. Seu colesterol está alto, acima de 300mg%, e seu HDL, o colesterol bom, está abaixo de 35. Dividindo um pelo outro, você terá a relação entre eles. Em seu caso, a relação é 8, e sabemos que acima de 5 você entra no grupo de risco de desenvolver doença coronária, infarto, angina e derrame cerebral. Seu colesterol ruim, LDL, não pode ser medido, pois existe muita gordura circulante no sangue. Você terá de tomar um

remédio chamado estatina para normalizar seu colesterol. E comer menos gordura animal, a gordura sólida chamada saturada.
3. Para completar, seu ácido úrico está elevado, certamente pela sua compulsão pela carne vermelha e outras carnes exóticas, como carneiro, cabrito, ou peixes como bacalhau, salmão e truta. Miúdos de aves também fazem subir o ácido úrico. Ácido úrico elevado pode provocar artrite, mais popularmente conhecida como "gota".
4. Já falamos de sua obesidade. A medida de sua circunferência abdominal é de 116 centímetros, quando deveria ser de apenas 102.
5. Sedentarismo é seu outro problema.
6. Seus problemas e dificuldades ao dormir vão certamente melhorar após seu emagrecimento.

O que você tem é uma síndrome metabólica, isto é, sua obesidade, seu sedentarismo e sua forma errada de comer provocaram uma mudança em seu metabolismo.

Pedro repete para memorizar:

– Emagrecer, exercitar-se. Reduzir gorduras e doces.

O médico diz:

– Você deve reduzir também carboidratos simples, batata e farinhas refinadas como a da pizza e a do pão branco, açúcares, doces, etc. Substitua por carboidratos complexos contendo fibras, como grãos em geral, feijão, arroz integral, pão preto integral, massas de farinha de sêmola de grão duro, etc. A idéia é substituir produtos que façam subir rapidamente a glicose do sangue por outros de digestão mais lenta.

Pedro diz:

– Entendido. Vou fazer isso.

ooo

Acompanhei atentamente a consulta por insistência do próprio Pedro. Acho que está enfrentando tudo com bom humor e determinação. Estou começando a apreciar as qualidades deste meu novo emprego. Não construo prédios. Mas estou ajudando a construir uma nova forma de viver. Cada pequena conquista traz alegrias incomparáveis. Construir pessoas é definitivamente mais gratificante do que construir edifícios. E mais divertido.

**Aproveito para passar-lhe mais uma regra, a de número 7:**

**– O caminho da felicidade começa pelo primeiro passo: decidir ser feliz. O caminho da longevidade também segue a mesma regra, e o primeiro passo é decidir ser saudável.**

OOO

Já era a terceira consulta. O médico voltou-se para Pedro e disse:

– Temos muito para conversar. Você está agora descobrindo um mundo novo, com o qual nunca se preocupou antes. É o mundo da saúde e, por que não dizer, o mundo da felicidade e da longevidade. Para viver muito, você precisa: 1. ter pressão arterial normal; 2. glicose normal; 3. colesterol normal; 4. exercitar-se; e 5. ser magro. Memorize usando os cinco dedos da mão. A pressão não pode passar de 140/90. Acima disso, em repouso, pode ser um indicador de que você está hipertenso. O colesterol após doze horas de jejum não pode passar de 200mg/dL, com a parcela considerada boa (HDL) maior do que 45 e a ruim (LDL) menor do que 130. Sua glicose em jejum não deve passar de 110mg%, pois valores daí até 126 já são considerados pré-diabéticos. Acima disso, o diabetes está confirmado. Os exercícios são de sua escolha, mas caminhadas diárias de trinta minutos na velocidade de quem está com pressa são suficientes. O problema mais complicado é a obesidade. Você sabia que existem no mundo um bilhão de obesos? Você sabia que emagrecer é tão difícil quanto parar de fumar, às vezes até pior?

– A única coisa que sei muito bem, posso dizer que sou um mestre, é aumentar de peso.

– Parabéns, você só precisa perder quatorze quilos.

– Parabéns?

– Sim, poderia ser pior. Sua altura não lhe dá aparência de gordo, mas você está bem acima do peso. As aparências às vezes enganam.

O médico continuou:

– Você deve se informar sobre questões de saúde. Leia nos jornais e revistas, assista a canais de TV especializados. Um homem na sua idade deve precaver-se de três coisas: infarto, derrame e câncer, principalmente de próstata. Se você fosse fumante, teria também de se preocupar com o câncer de pulmão e de bexiga. No caso das mulheres, os desafios são o câncer de mama e o de colo de útero, e, após a menopausa, o infarto e o derrame.

– Por que só após a menopausa?

– Porque é quando cessa a proteção do estrógeno. As mulheres são privilegiadas do ponto de vista da saúde. A natureza dotou-as de vários mecanismos de proteção com vistas à preservação da espécie. O estrógeno protege-as de derrames e infartos. Por outro lado, seu instinto de conservação da vida é muito mais aguçado. O homem, eterno caçador, tem de ter em sua natureza um pouco de desdém pela vida, caso contrário jamais se aventuraria a sair da caverna em busca de alimento para a família.

– Falando em família, como é que a genética entra nisso?

– A genética é certamente importante para antecipar as probabilidades de doenças. Em seu caso, por exemplo, problemas neurológicos e câncer de cólon são os eventos mais comuns em sua família. Portanto, você deve evitar gorduras saturadas animais e ingerir mais verduras, frutas e grãos que contêm fibras. E, é claro, deve também fazer uma colonoscopia, ou seja, uma visualização direta do intestino por via retal, pelo menos a cada três anos. Sua genética aponta na direção do câncer de cólon. Você tem três casos na família.

O médico parecia estar se deliciando com as explicações. Falava com convicção, olhando diretamente nos olhos de Pedro.

– Infarto, derrame e câncer são responsáveis por 70% das mortes hoje em dia. O curioso é que as três doenças têm as mesmas causas e a mesma forma de prevenção. Mais da metade dos infartos, derrames e cânceres entram pela boca. Correções em nossos hábitos alimentares, reduzindo gorduras, sal e açúcar, prolongam a vida. A gordura gera aterosclerose, isto é, obstrução em nossas artérias. O sal estimula o aparecimento da hipertensão. Hoje no Brasil há 25 milhões de hipertensos. Os hipertensos sofrem mais infartos e derrames. O açúcar pode levar à obesidade e ao diabetes, com conseqüências desastrosas sobre as artérias do coração e do cérebro. São 8,5 milhões de diabéticos no Brasil, a maioria dos quais são obesos, sedentários e desconhecem a existência da doença. Hoje se fala muito em síndrome metabólica. Trata-se de uma série de distúrbios do metabolismo que, quando associados, apresentam três vezes maior risco de infartos e derrames. Veja esta tabela:

| Obesidade abdominal (cm) | |
|---|---|
| Homens | Mais do que 102 de circunferência abdominal |
| Mulheres | Mais do que 88 de circunferência abdominal |
| Triglicérides (mg/dL) | Acima de 150 |
| HDL, colesterol bom (mg/dL) | |
| Homens | Menor do que 40 |
| Mulheres | Menor do que 50 |
| Pressão arterial (mmHg) | Igual ou maior do que 140/90 |
| Glicose (mg/dL) | Maior do que 110 |

"Infelizmente, você se enquadra em quase tudo. Está obeso, e sua circunferência abdominal mede 116 centímetros, quando deveria medir 102 no máximo. Sua glicose vem subindo, você é sedentário. Não, não precisa anotar nada, vou lhe dar um livrinho que contém todas essas informações transmitidas de forma simples. Deixe em sua cabeceira e leia um pouco todas as noites. Aprenda sobre sua propriedade mais preciosa: seu corpo. Desembarque seu colesterol, seu diabetes, seu sedentarismo e sua hipertensão! Ao contrário, embarque uma vida longa e saudável. E seja mais feliz!"

**Regra número 8: "Procure aprender tudo sobre seu corpo, que é sua propriedade mais preciosa! Leia, pergunte, acompanhe programas sobre saúde no rádio e na TV. Seu conhecimento pode salvar sua vida".** Foi a regra principal transmitida pelo médico.

## Fico olhando com inveja para sua cintura...

– Camisa folgada, calça solta, você sempre fica bem com qualquer roupa. Sabe, odeio ser fotografado, evito de todas as formas, porque não suporto ver minha barriga proeminente e minhas costas encurvadas.

– Você está falando coisas que são do seu domínio. Você decide ter barriga ou não. Você decide comer muito ou pouco. Nada é imposto a você.

– Eu sei. Nada é imposto, com exceção dos impostos do governo. Mas não é bem assim. Em alguns momentos de minha vida, a tristeza me assaltava como um ladrão. Roubava minha tranqüilidade. A tristeza te cega e te faz perder o rumo. Naqueles momentos, eu achava que dar um tiro na cabeça seria burrice. Assim, preferia comer...

– Que trágico! De qualquer forma, nós todos somos reféns de um corpo. A missão é tratá-lo bem, para que nossa alma viva em paz. Não esqueça: somos todos corpo, mente e espírito.

– Muito complicado para mim. Eu me pergunto: existe forma de emagrecer sem sofrer?

– Eu já fui obeso. O que me fez emagrecer e exercitar-me foi uma nova motivação: amor pela vida. Outros decidem mudar ao ter um filho ou um neto, ou até mesmo uma nova mulher. Em resumo: tudo depende de uma nova paixão, seja ela qual for. Você é um sujeito privilegiado, tem tudo o que necessita para viver bem e ser feliz. Simplesmente, decida.

– Um bom par de tênis eu já comprei.

– Aqui vai a regra número 9: Viver muito e com saúde é uma opção pessoal.

ooo

Passei-lhe o endereço da Sociedade Brasileira de Cardiologia na internet: **www.cardiol.org**. **"Circunferência abdominal acima de 95 cm em homens e 82 cm em mulheres é fator de risco de infarto e derrame."** Mas há uma margem de tolerância até 102. Ele está perdendo peso e se exercitando. Admiro sua determinação. Após a consulta com seu médico, foi a uma nutricionista e contratou um *personal trainer*. Está em competição consigo próprio. Agora passa o dia todo com uma fita métrica, se medindo e constrangendo os gordos que aparecem em seu escritório. Poucos escapam da gozação. Já o encontrei no computador acessando sites de saúde. Rafael diz que ele está ficando fanático e todo fanático é um chato. Mas Rafael também está satisfeito. Estou me divertindo com a transformação. Achei em minha escrivaninha uma frase com sua caligrafia inconfundível: "Você só é saudável se comer tudo o que odeia".
**Regra número 10: Perca peso sem perder o humor.**

**Devo muito a esse homem,** quase um desconhecido, mas um verdadeiro irmão que a idade adulta me revelou. Aprendo com suas palavras, mas, principalmente, com suas lições de vida. Hoje, com meu filho a meu lado, com novos valores e uma vida mais saudável, fico surpreso com minha capacidade de mudar, ainda que aos cinqüenta anos. Aprendi com ele que vale a pena mudar até meia hora antes de morrer. Este compromisso com a felicidade, que antes me assustava, hoje é a grande motivação de minha vida. Sinto que as pessoas que trabalham diretamente comigo estão mais felizes. Surpreendo minhas secretárias rindo e cantarolando, o que nunca tinha visto antes. Depois que as pessoas se sentiram mais seguras da minha transformação, elas mesmas colaboraram usando sua criatividade. Nos ambientes onde ando há música e paz, cortinas abertas e até flores sobre as mesas. Um novo clima se instalou. Houve até festa de fim de ano, troca de presentes, amigo secreto com a minha participação, coisas que no passado eu considerava perda de tempo e energia. Ganhei um livro de minha amiga oculta, a encarregada da limpeza do escritório. É um livro de orações, pequeno, despretensioso. Mas a dedicatória me emocionou: "Dr. Pedro, rezo estas orações todos os dias pela sua felicidade. Obrigada pelo emprego que me faz feliz". Ela tem um emprego na limpeza e se sente feliz. Por que eu, o dono da empresa, não posso ser feliz? Leio as orações diariamente. São muito simples. Não pedem nada, só agradecem. Estou aprendendo a rezar e a agradecer. Pela primeira vez na vida chamei meus funcionários principais e agradeci por sua dedicação, pelo carinho com que me tratam e que, agora, transferem para meu filho, Rafael. Tenho visto lágrimas nos olhos de muitos. Recebo embaraçado alguns abraços efusivos e inesperados. Ainda não me acostumei ao contato físico. Sempre achei que patrão e empregado podem falar-se, jamais se tocar. Outro dia fui à fábrica e me disseram que um jovem torneiro havia perdido sua esposa de câncer. Fiquei comovido, fui ao seu posto de trabalho, coloquei-lhe a mão no ombro, dei-lhe um abraço sem medo de sujar minha camisa com a graxa de seu uniforme. E vi em seus olhos o agradecimento, a confiança e a certeza de sua dedicação pelo resto da vida. Por tocá-lo, abraçá-lo, não coloquei em risco minha autoridade. Pelo contrário, é mais fácil conquistar pessoas tocando seu coração do que tentando subjugar seus cérebros. Corações são mais estáveis, suas emoções são mais duradouras. Durante toda a vida usei muito o cérebro e pouco o coração. Agora percebo que do cérebro vem a raiva, a inveja e a vaidade, o verdadeiro trio maléfico. Do cérebro vem a traição, o ódio e a maledicência. Do coração vem o afeto, a saudade, a amizade e o carinho. O amor vem do coração. Daqui para frente usarei menos o cérebro e mais o coração.

Por falar em coração, sinto que a este meu novo amigo falta alguma coisa. Surpreendo-o seguidamente a olhar o vazio. Tem o hábito do sorriso fácil, mas com freqüência uma ponta de tristeza fica a descoberto. Vou descobrir sua verdade mais interior. Falta-lhe algo para ser feliz. Enquanto não exorcizarmos todos os demônios do passado, dificilmente conseguiremos a felicidade.

OOO

Li em algum lugar que passamos a vida carregando uma mochila nas costas. A cada pouco paramos pelo caminho e juntamos pedras de tamanhos variados: algumas imensas, outras pequenas. Todas vão para dentro da mochila e passam a fazer parte de nosso patrimônio de entulho. E carregamos continuamente esse peso até o dia em que resolvemos revisar o conteúdo da mochila. Aí, com surpresa, verificamos que umas poucas pedras transformaram-se em pepitas de ouro. As demais continuam apenas pedras. E se descartadas nossa mochila torna-se muito mais leve, porque carrega apenas as pepitas de ouro. A sabedoria está em reconhecermos pedras e futuras pepitas já no momento de guardá-las em nossa mochila. Devemos embarcar somente o que vale a pena, pois teremos que carregar tudo, pelo resto da vida. E, às vezes, desembarcar o entulho é muito doloroso, anos de psicoterapia podem ser necessários. **Por isso, é inteligente desembarcar da mochila o entulho desnecessário, mas conservar cuidadosamente as pepitas de ouro.**

○○○

**Estou convencido de que a felicidade é um sentimento coletivo. Só seremos realmente felizes se todos os que nos cercam também viverem felizes. É a regra número 11.**

**O sonho faz parte de nosso trato com a divindade...** – Deus nos dá esta condição humana, limitada, imperfeita e, em compensação, nos permite a capacidade de sonhar. Júlio Verne viajou à Lua e ao centro da Terra sem sair de sua casa. Certa vez, na Provence, eu estava saboreando um *coq au vin* em um restaurante incrustado em uma montanha que abriga um castelo do século XIII. O lugar se chama Gourdon, é o pico mais alto da região, mirando as praias da Riviera quilômetros abaixo. Um avião decolando do aeroporto de Nice parecia um ponto brilhante deslocando-se sobre o mar. Subitamente, a menos de dez metros, uma enorme asa-delta passou à minha frente, assustando-me. Pus-me a rir, um riso de contentamento, alegria, surpresa. Foi então que acordei do sonho.

– Pensei que você tivesse dito nunca ter viajado.

– Este sonho contém pedaços de filmes, de documentários da TV e muito da minha imaginação. Não tenho certeza se ele me ocorreu enquanto eu estava acordado ou adormecido. Sei que Gourdon existe, li sobre o castelo, sobre o restaurante, vi fotos da Riviera vista lá de cima. Mas não sei se asas-deltas podem voar em Gourdon. Imagino que sim. Aliás, esta é a condição de todos os sonhos. Eles dependem unicamente de nossa vontade e imaginação. Sonhando somos criadores, somos poderosos, podemos voar, navegar, flutuar no espaço. Eu não sei nadar, mas em sonho nado milhas e milhas sem parar, para rolar nas areias brancas de uma das praias de Mikonos. Este é o grande segredo. Posso estar em qualquer praia, cercado por milhares de pessoas, e ao mesmo tempo, ao fechar os olhos, transporto-me para a ilha mais exclusiva do Pacífico. Bali, Havaí ou Taiti. Qualquer um desses lugares me atrai. Entrei em uma agência de viagens para ver os preços de uma excursão ao Taiti. Levei um susto. Jamais conseguirei. Em compensação é muito mais barato sonhar. Em verdade, o sonho é gratuito. E o efeito final não é muito diferente. O único problema é que sonhos duram pouco, enquanto a memória das viagens é permanente. Por que você, tendo dinheiro, viaja tão pouco?

– Já viajei mais. Mas você fala desses lugares com emoção e intimidade, como se os conhecesse. Tem certeza de que não está me ocultando nada? Estive em Bali e só me recordo das noites maldormidas pelas más notícias que chegavam de uma de minhas empresas. E, além disso, a minha companhia feminina não era agradável, passava o tempo todo comprando tudo o que lhe aparecesse pela frente, com uma voracidade de causar inveja.

– Se você não está em boa companhia consigo mesmo, jamais encontrará alguém para substituí-lo. Você, seu cérebro, sua alma, vivendo em paz e sonhando... Esse é o caminho para se ter boa companhia. Estive em Bali muitas vezes. Sozinho. Em sonho. Mas muito feliz.

OOO

– Sei do que você está falando. Já vivi uma experiência assim. Na Toscana, a paisagem é única e indescritível. Viajando pelo Val d'Elsa, rumo a San Geminiano, depois de Poggibonsi, existe uma colina abençoada. Dominam o vale uma velhíssima igreja do século XIII, inaugurada por Francisco de Assis, e um mosteiro alguns séculos mais recente, metade dele hoje transformado em hotel. É o lugar mais pacífico do mundo. Estive lá por acaso. Perdi-me em uma das tantas estradas da Toscana e, já noite avançada, ao chegar ao hotel, resolvi pernoitar. Meus olhos ainda se deslumbravam com o colorido das paisagens toscanas que eu vira durante o dia. Eu estava só e não lembro ao certo o que buscava. Sem ter aonde ir ou a quem procurar, deitei-me em uma imensa cama em aposentos com jeito de castelo. Dormi em seguida. Pela manhã, o sol infiltrou-se pela janela e, curioso, fui ver o cenário que a noite me ocultara. Simplesmente deslumbrante! Em minha frente estendia-se o Val d'Elsa com seus ciprestes, plantações retangulares e incontáveis tons de verde iluminados pelo sol. Sentei-me na sacada e passei o resto do dia absorvendo aquelas cores e a paz que, de tão intensa, parecia ser palpável. Portanto, eu também já tive essa sensação de paz. Foi um dia, na Toscana.

– Pedro, não é bem disso que eu estou falando. Eu falo de viver continuamente em paz. Não só por um dia na Toscana.

OOO

– Por falar em sonho: em Veneza, ao pé da ponte de Rialto, existe há cem anos uma floricultura. A avó e a mãe passaram o ofício para a atual florista. Antes que você me pergunte: eu nunca estive em Veneza. Vi em uma reportagem da RAI o orgulho com que ela ostentava suas flores para os turistas. Impressionou-me o sentido da vida daquela mulher pequena e sorridente, que provavelmente nunca sairá de Veneza. Os limites de seu mundo são as ruas navegáveis, os barcos do transporte urbano e sua própria casa em algum subúrbio de Burano. Mas ela resplandecia de orgulho de suas flores, de suas origens, de sua história. Nitidamente, sentia-se completa. E você? Sente-se completo? Você também tem orgulho de suas flores?

**E aqui vai a regra número 12: Sonhe. Sonhe muito. Mas não esqueça de ter orgulho de suas flores.**

OOO

Ele me surpreende a cada instante. Transporta-se pelo mundo com a leveza de um pássaro. Descreve detalhadamente lugares em que nunca esteve. Sonha em retalhos, inserindo em um mesmo vôo realidade, filmes de cinema e documentários de TV. E muita imaginação, é claro. Ele certamente viajou pelo mundo mais do que eu. Eu estive em quase todos os lugares, mas em toda parte senti sempre o mesmo sabor, pouco ficou na memória. E os lugares que mais me marcaram foram os que ostentavam mais riquezas: Monte Carlo, com seus carros e seu cassino. As mulheres elegantes e endinheiradas do Faubourg Saint Honorè, em Paris, freqüentando, entediadas, lojas famosas, enquanto seus motoristas as seguem atulhados de sacolas de compras; Rodeo Drive, em Beverly Hills, onde cada transeunte poderá ser a estrela do futuro em busca de um Oscar, ou simplesmente cair no anonimato para sempre. Wall Street, onde excitados jovens milionários apostam sua vida financeira a cada minuto. Tudo isso me impressionou muito mais do que a florista de Rialto. Em Positano, capital mundial do romantismo, minha companhia era péssima e tratei de encurtar a viagem. Em Taormina, certamente um dos lugares mais lindos do mundo, fiquei três dias no hotel armando com meus auxiliares, por telefone, a compra de uma área para a construção de um complexo habitacional. E agora devo confessar: nunca estive perdido na Toscana. Estava simplesmente procurando uma nova oportunidade de negócio. Como o cão que fareja a caça.

○○○

– **Você já me passou tantas regras que agora eu vou lhe passar uma. A regra número 13: São suas expectativas que determinam o resultado de seus projetos. Suas conquistas terão, portanto, o tamanho de seus sonhos.** Se você pensa pequeno, seu resultado também será modesto. Evite confundir modéstia com falta de ambição. Ambição sadia é um componente intrínseco do sucesso.

– Esta estreou agora no meu ouvido. Ambição sadia? O que você quer dizer com isso?

– É a ambição de ser, de crescer, de contribuir, de somar. A ambição do ter é, geralmente, patológica. Já a do ser, quando desprovida de vaidade e individualismo, sempre contribui para a felicidade coletiva.

– Não sei se vejo com clareza essas distinções, mas, na essência, entendo o que você quer dizer.

– Sei que não estou sendo muito claro. Como empreendedor, gostaria que você entendesse o que estou tentando dizer. É óbvio que o sonho também faz parte da vida de um empreendedor. Foram grandes sonhadores que construíram boa parte do mundo que admiramos hoje. Foi um sonho que mobilizou o Papa Sixto III a contratar Michelangelo para pintar os afrescos da Capela Sistina, que terminou levando seu nome e imortalizou a ambos. Por outro lado, foi também um sonho que fez Michelangelo eternizar a relação do homem com Deus na mesma capela, na pintura mais conhecida e reproduzida até hoje. Gaudí construiu sua majestosa e estranha igreja Sagrada Família em Barcelona, perseguindo também um sonho. Até Brasília foi construída por um sonhador.

– Pedro, a distância entre sonho e realidade varia de pessoa a pessoa. Você, por exemplo, tornou realidade muitos de seus sonhos. Mudou a paisagem de seu mundo, e isso é elogiável. Eu estive circulando no outro extremo. Permiti-me apenas sonhar. Estive em Montmartre, circulei entre os artistas de rua e suas pinturas excepcionalmente lindas, freqüentei o Le Lapin Agile com outros intelectuais, deliciei-me a ouvir Sartre preguiçosamente sentado no Cafê de Flore em Saint Germain du Près, saboreando um interminável café. E, durante todo o tempo, o único cenário que meus olhos físicos visualizavam era a parede do edifício ao lado. Mas os olhos da imaginação são muito mais argutos, conseguem observar detalhes imperceptíveis, deslocam-se sem fronteiras de tempo e espaço. Mas terminam por assentar nossos pés nas nuvens, bem longe da realidade, o que nem sempre é bom, pois o sonho pode ser simplesmente uma fuga, uma forma de evitar enfrentar os próprios problemas.

– O equilíbrio entre sonho e realidade é o que você está propondo. Mas eu tenho uma proposta ainda melhor, útil certamente para nós dois. Em um filme antigo que não consegui esquecer, havia uma música que insistia no refrão: *Follow the fellow who follows the dream.* Siga a pessoa que está em busca de um sonho. Procure seguir os que perseguem algum sonho e você irá mais longe. Persiga seus próprios sonhos e você irá ainda mais longe.

OOO

*Vi terras de minha terra*
*por outras terras andei*
*mas o que ficou marcado*
*neste meu olhar fatigado*
*foram terras que inventei.*

Este trecho do "Testamento" de Manuel Bandeira tem o dom de me descrever. Como não vi terras de minha terra nem outras, optei por inventá-las. O país da imaginação é maior e mais deslumbrante do que o real. Faz divisa com o país dos sonhos, mas as fronteiras não estão bem definidas. Melhor do que ir à Grécia é imaginá-la. Tenho medo de que a visita real à Grécia possa ser uma decepção, tão colorido e brilhante é o sonho. Viajar com a imaginação é mais rápido, mais confortável e muitíssimo mais barato. Um programa da *National Geographic*, uma fita de vídeo, um livro ou uma revista de viagem e turismo podem facilitar o sonho. Você escolhe a melhor poltrona de sua casa e a transforma em um tapete mágico, surfando pelos ares rumo ao desconhecido no mais absoluto conforto.

Mais uma lição, a de **número 14:**
**Viajar pelo país dos sonhos pode facilitar sua vida real. Mas nunca se mude para lá definitivamente.**

**Pedro desvenda o segredo** Pedro está sentado à mesa no grande salão que ele costuma chamar de escritório-casa, onde passa a maior parte de seus dias e semanas. É daí que dirige suas empresas, usando uma intrincada rede de informações por via telefônica, intranet e outros avanços tecnológicos dos quais muito se orgulha. Um pequeno exército de secretárias movimenta-se continuamente em torno dele. Completam o ambiente uma área de descanso com sofás, uma pequena cozinha e uma sala de reuniões eletronicamente sofisticada, além do gabinete propriamente dito, com sua escrivaninha, seus arquivos, papéis, etc.

O telefone toca. É uma secretária, transferindo-lhe o chefe de recursos humanos:

– Tenho más notícias. Ao fazer a transferência de seu amigo, como me solicitou, do setor de obras para a área administrativa, encontrei uma segunda ficha no arquivo com dados pessoais. Aparentemente, um registro muito antigo, de uma empresa chamada Incorporadora Paris.

– Sim, eu lembro. Compramos a massa falida dessa empresa há muitos anos. Não sabia que ainda tínhamos registros do pessoal, pois a empresa foi completamente absorvida e depois extinta. Mas qual é o problema?

– O problema é uma anotação na ficha pessoal de seu amigo. Aparentemente, há vinte anos ocorreu um acidente com vítimas pelo qual ele foi responsabilizado. Uma marquise de uma obra da Incorporadora Paris desabou logo após a inauguração, matando três pessoas, duas delas crianças. A empresa o responsabilizou pelo acidente. O Ministério Público denunciou-o pelo triplo homicídio culposo. Segundo a acusação, o crime foi cometido em virtude da inobservância de regra técnica da profissão. Foi julgado e condenado a dois anos de prisão. Pegou a pena mínima. Como réu primário, foi beneficiado pela suspensão condicional da pena. Não foi para a prisão, mas ficou prestando serviços à comunidade e se apresentando mensalmente no fórum. Mas, nesses casos, o valor simbólico da condenação é mais duro do que qualquer grade prisional. Achei no arquivo um recorte de jornal da época que relata o caso todo. Durante o julgamento, ele afirmou que seus cálculos estavam corretos e que haviam sido fraudados, inclusive sua assinatura, nos projetos e plantas. Além do processo criminal, sofreu o processo administrativo. O CREA foi rígido em sua avaliação. Primeiro foi proposta a cassação de seu registro de engenheiro. Como ficaram dúvidas, o CREA manteve o registro, substituindo a pena por uma suspensão temporária.

Foi demitido da Incorporadora Paris e começou a trabalhar conosco somente há dez anos, continuou a relatar o funcionário. Não sei como foi admitido por meu antecessor. Quando preencheu nossa ficha admissional foi honesto, relatou o emprego anterior na incorporadora e uma série de subempregos, como engenheiro. Disse até que tivera problemas "graves" na incorporadora, mas, aparentemente, ninguém lhe perguntou a que problemas se referia. Nos anos em que está conosco, teve conduta irrepreensível. Seu absenteísmo foi zero, a não ser justificadamente, quando sua esposa esteve doente, e no acidente que o senhor conhece. Mas nunca passou de engenheiro residente. Nunca demonstrou vontade de evoluir, subir de posto. Parece que alguma coisa íntima travou sua vontade.

Longo silêncio. Até que Pedro pergunta em voz baixa, contida, visivelmente tenso:

– Alguém mais sabe disso na empresa?
– Não. Os dados estão todos comigo.

– Bem, isto é uma ordem: ninguém deve conhecer essas informações. Só você e eu, entendido?
– Certo, dr. Pedro.
– Guarde esse material em seu cofre, inclusive os recortes de jornal. Só você poderá acessá-lo quando necessário. E muito obrigado pela ajuda.

○○○

Finalmente cai a capa do mistério. Seu olhar vago, as rugas de seu rosto, as razões são profundas. Sempre o achei triste, apesar de estar em paz e aparentemente feliz com sua situação. Mas eu estava pressentindo que havia alguma coisa mais em sua história, que, de tão dolorosa, ele faz questão de ocultar. Uma marca do passado que ele ainda não apagou e que permanece como uma sombra. Imagino seus dias no inferno, o tribunal, a provação do período de suspensão da pena, o descrédito entre os colegas. A decepção e o desalento com sua nova profissão. Mesmo assim, o desejo de continuar com ela. Por sentir-se incompetente em outra área? Por amar a Engenharia? Por querer resgatar a sua carreira como engenheiro? Ele chegou a mencionar para mim a depressão diante da qual quase sucumbira. Marina foi seu esteio, o fundamento que o fez suportar e sobreviver às humilhações e ao descrédito. Fico imaginando sua culpa ao ver que Marina sucumbiu no meio do caminho. Sentiu-se, certamente, culpado pelo câncer de Marina. Ele é o falso feliz. Se tirasse esse peso de sua cabeça, seria outra pessoa. Provavelmente, muito mais sinceramente feliz. Mas, será ele culpado mesmo do que lhe atribuíram? Ou será que pagou por alguém? Vou descobrir...

○○○

O advogado da empresa está sentado no meio de pilhas de caixas de papéis amarelados pelo tempo. Pedro, a seu lado, de pé, assiste à exumação de uma empresa desaparecida há anos. Os arquivos literalmente mortos haviam sido guardados e esquecidos no fundo de um depósito de materiais na zona norte da cidade. Nos primeiros anos, os documentos foram guardados porque havia responsabilidade civil e fiscal sobre a empresa falida. Com o passar do tempo, ocorreu o esquecimento confirmado pela extinção da velha Incorporadora Paris na junta comercial, o que fez sumir os últimos vestígios. Pedro lembrava-se muito bem do diretor técnico responsável pela velha incorporadora. Era um sujeito sem escrúpulos que visava somente ao lucro a qualquer preço e não hesitaria em prejudicar a quem quer que fosse em nome de um bom negócio. Não o surpreenderia se a incriminação do culpado tivesse sido forjada. Perdera-o de vista há muitos anos, não sabia se ainda estava vivo. Mas os papéis amarelados pelo tempo estavam ali: contratos, plantas, cálculos, documentos imobiliários, etc. Até o rol de imóveis de propriedade da empresa, que, aliás, motivara sua compra, ali estava. Uma verdadeira confusão, com 25 anos de vida morta. Seria muita sorte encontrar alguma agulha naquele palheiro.

○○○

O advogado já tomara as providências para obter no arquivo do Foro Central uma cópia do processo que condenava o engenheiro pela morte de um adulto e duas crianças, sentença baseada, segundo o juiz, na evidência maior que eram os cálculos e as plantas registradas na prefeitura e revistas por peritos. Além disso, havia o laudo técnico obtido da análise da própria marquise. A obra havia sido executada de acordo com projeto e cálculos existentes na prefeitura. Segundo o laudo, a ferragem era nitidamente insuficiente. Não havia surpresa em sua ruptura.

E lá estava a assinatura que o engenheiro insistia ter sido forjada. Um estudo grafológico não foi realizado.

Uma pasta preta surge. Dentro dela, sem nenhuma anotação, algumas plantas carimbadas pela prefeitura, portanto, plantas oficialmente registradas. Pedro analisa-as sofregamente, comparando-as com as arquivadas junto ao processo penal. Há nítidas diferenças entre elas. Até as assinaturas do engenheiro responsável parecem ter um universo de diferenças. O advogado sacode a cabeça surpreso.

– Aqueles cretinos trocaram as plantas na prefeitura e até forjaram a assinatura de seu amigo.

Pedro levanta-se, alonga-se, sacode o pó dos papéis e murmura como se falasse com seu amigo ausente:

– Você me ajudou a reencontrar minha vida. Agora, vou devolver a você a sua.

○○○

O advogado explicou:

– O inquérito policial apontava para a responsabilidade do engenheiro. A responsabilidade técnica da obra era sua. O Ministério Público fez a denúncia com base nessa prova. Nenhuma supresa. O máximo que se poderia exigir era que o promotor de Justiça tivesse pedido diligências. Mas não o fez. No presente caso, o que confundiu o Ministério Público foi não conhecer o fato de ter havido correção dos cálculos anteriormente apresentados, criminosamente substituídos nos autos e portando a assinatura de seu amigo, que, entretanto, não foi periciada. Na verdade, segundo consta do processo, a questão da assinatura não foi considerada relevante. Afinal, o engenheiro não negou a responsabilidade pela obra. Os dados estavam todos lá. Como as plantas foram trocadas, assim como os cálculos adulterados, a questão da assinatura ficou em segundo plano. O advogado de defesa chegou a esboçar um pedido de perícia. Mas não formalizou. Não sei, mas dá a impressão que o advogado que defendeu o engenheiro "não se esforçou muito", se é que me entende. Em realidade – continuava o advogado a explicar –, o que ocorreu foi que a execução do concreto da marquise foi inadequada e diferente daquela prescrita pelos cálculos originais. Posteriormente, a versão corrigida espelhava a forma como a marquise foi executada. Assim, toda a culpa recaiu sobre seu amigo. Na tentativa de salvar a pele dos demais executores da obra, os reais culpados, foi feita uma manobra escusa, criminosa e imperdoável. Mesmo assim, é possível pedir revisão do processo. É o que chamamos de revisão criminal, que pode ser feita a qualquer tempo. Basta ter provas novas, cumprir os requisitos do Código de Processo Penal e requerer a revisão junto ao Tribunal de Justiça, onde um colegiado de desembargadores reexaminará a causa. Infelizmente, seu amigo foi mal defendido. Agora, com essas novas provas, será fácil reabrir o processo e corrigir a injustiça.

**Faltou-me uma família...** Os filhos e netos que não tive com Marina são minha maior tristeza. Eles hoje me fazem falta. Essa é uma tristeza irreparável de um sonho que não vivi. Filhos podem ser difíceis, causam preocupações, contrapõem-se aos seus pais. Mas são absolutamente necessários. Os filhos que não tive não me permitem uma maior felicidade. Procuro-os à mesa, no reboliço da sala. Não ouço sua algazarra, suas reclamações e pedidos insistentes. Minhas maiores tristezas são as doces agruras que não vivi.

Tive outras ausências em minha vida. O ser humano busca reconhecimento na mesma intensidade que necessita de água para aplacar sua sede. Em minha vida, não experimentei a emoção do sucesso, o aplauso, o elogio. Os elogios de Marina serviam-me como estímulo, e por isso eram produzidos na medida de minhas necessidades. Marina, inteligente, sabia que o reconhecimento é o maior propulsor do ser humano. É gasolina de alta octanagem. Pequenos reconhecimentos geram atitudes de leão. Mas os elogios de Marina não contam, pois é como se brotassem de dentro de mim mesmo. Faltou-me o reconhecimento de meus pares, de meus colegas de profissão. Meus sonhos de jovem incluíam notoriedade profissional, enormes placas com meu nome em frente a grandes construções. Mas muito cedo tudo isso se desvaneceu. Seguiram-se anos de depressão e, finalmente, a conversão para uma vida renovada, de aceitação do possível e de sonhos sem limites. Mesmo assim, sinto falta do reconhecimento.

Abri o jornal hoje com uma estranha sensação. Localizei logo o motivo. Uma nota pequena, mas em destaque, afirmava que o Tribunal de Justiça reexaminaria um processo arquivado há vinte anos.

**A vida me deu outra chance** Acordei pela manhã e, pela primeira vez, não fui direto ao telefone para posicionar-me sobre meus negócios. Fiquei na cama, olhando as sombras no teto, tentando identificar figuras, recortes de litorais que já desbravei. Aloguei-me cuidadosamente, abri a janela com um sorriso, aspirando o ar da noite que começava a se dissipar. As cores do céu me surpreenderam: "azul pintado de azul", como dizia um velho amigo. Sou forçado a admitir que não prestava atenção até hoje nos tons de azul que o céu nos oferece diariamente. Baixei os olhos e encontrei meu jardim. Ele sempre estivera lá, tão colorido quanto agora, mas só hoje o descobri. Tenho um jardim, sou proprietário de um recanto de paraíso, bem debaixo de minha janela. Posso passar horas admirando minhas flores, identificando os diferentes tons de cores, acompanhando o quase imperceptível progresso da abertura das pétalas. O rio ao longe é um complemento fantástico para este cenário. A perder de vista, os campos verdes estendem-se até o horizonte. Tudo isso é meu, no simples gesto de abrir a janela do quarto. Mas, reconheço, essa janela foi muito pouco aberta nestes anos.

Sinto-me rico da verdadeira riqueza. Este cenário me enriquece, apesar de que só alguns metros de jardim são realmente meus. Recebi o mundo por empréstimo, não preciso apoderar-me dele. Ao contrário, devo deixá-lo um dia melhor do que o recebi.

Ocorre-me, também, que deveria pedir desculpas pessoalmente a todos aqueles cuja a vista cortei, dando-lhes em troca uma parede.

Tenho um jardim, tenho o azul do céu se confundindo com o rio, tenho os tons verdes do campo se perdendo no infinito. Tenho esta janela e este sorriso que insiste em brotar lá de dentro de mim. E tenho um amanhã. Sou riquíssimo.

○○○

— Estou tentando aprender mais sobre felicidade. Segundo você me diz, felicidade é uma forma de viver, de passar o tempo — Pedro enfatiza com um sorriso seu entendimento de felicidade. E conclui: — Gostei de sua frase: "Felicidade é a viagem, não é o porto de chegada, a estação final. Quem pretende ser feliz um dia, jamais chegará à estação Felicidade". O segredo é cultivar a felicidade minuto a minuto. Acho que agora estou compreendendo esta realidade, que é nova para mim. Sei que você já faz da felicidade uma companheira há muito tempo.

— Certo. Mas estou refinando meu conceito de felicidade. Sou feliz se tenho, ao alcance da mão e dos olhos, tudo o que preciso para sobreviver. Este conceito facilita muito a vida. É óbvio que entendo por sobrevivência muito mais do que respirar, alimentar-se ou vestir-se. Incluo nesse conceito a sobrevivência da alma e do coração. Afetos devem ser preservados. Dificilmente existe felicidade sem amor ao alcance dos olhos, das mãos ou da memória. O amor tem de ser necessariamente palpável. Amor significa aproximação e intimidade, mesmo que seja unicamente uma lembrança. Mesmo que você discorde, posso afirmar que lembranças podem ser palpáveis.

— Estranho... você diz isso com a autoridade da experiência, mas vive só. Está só...

— Estou só, mas não *sou* só. Em realidade, a experiência do amor permanece. Estou em um período intermediário de busca e espera. A vida e o destino podem estar me reservando outras vivências. Se acontecerem, será muito bom, mas não conto com elas para sobreviver. Se não houver um novo amor, o antigo me alimentará. Amor é uma fonte inesgotável de energia, mesmo que seja só em lembranças.

– Para um sonhador, até que você está sendo muito prático em questões de amor. Eu não tenho a mesma visão. Minhas experiências foram ruins e dificilmente posso acreditar que o futuro me reserve algo melhor. Estou tentando ser feliz sem contar com a ajuda do amor.

– **A felicidade, Pedro, é um projeto em execução contínua. É como se fosse uma longa caminhada cujo rumo deve ser corrigido a cada dia. O amor pode ser conseqüência, nem sempre é causa. O segredo é a disponibilidade. As pessoas felizes estão mais disponíveis para o amor.** Considere sua situação hoje e compare com alguns meses atrás. Você é outra pessoa. Você está mais feliz e, por isso mesmo, mais disponível. Certamente chegará o seu momento.

– Espero que você tenha razão.

**Regra número 15: As pessoas felizes estão mais disponíveis para o amor. Por isso, o amor nem sempre é causa; às vezes é conseqüência da felicidade.**

**Talvez a única certeza na vida seja a de que nem tudo sai como se quer** Pedro ajeita-se na poltrona, vendo que seu amigo olha para um ponto no infinito, como costuma fazer quando está predisposto a filosofar. Pedro concentra-se em mais uma lição de vida que receberá. Por outro lado, pensa com satisfação na grande surpresa que está preparando para ele.

– A conseqüência é que não podemos ter tudo. A aceitação dos fatos como eles são torna a vida mais tranqüila. A aceitação de nossos limites de poder prolonga a vida. O poder existe sob muitas máscaras. Há o poder financeiro (o maior de todos), o poder político (o mais falso e passageiro), o poder religioso, o poder do amor, o poder das palavras. Todas as formas de poder têm seus limites. Nós exercemos um pouco cada uma dessas formas. A arte do poder é saber usá-lo na dose certa sem exceder nossos limites. Por exemplo: seu poder financeiro, Pedro, é infinitamente maior do que o meu. Mas meu poder de sonhar, de construir castelos, é inexcedível. Se eu tentar exceder meus limites financeiros, estarei quebrado em pouco tempo. Se você passar seus limites reais e adotar o sonho, terminará rapidamente com seu capital, suas empresas e seu passado de empresário. Por isso, não tente me imitar... Não seria correto. Eu certamente seria um fracasso se tentasse ser o empresário que você é. Prefiro ser parte da equipe que constrói, e não o empreendedor que assume os riscos. É lógico e justo que, ao final, seu lucro seja maior e não se resuma ao meu salário de engenheiro. Em compensação, vou para casa todos os dias e durmo sem preocupações, enquanto você nem sempre dorme.

– Tem razão, concordo. Se assumíssemos continuamente as qualidades dos outros, terminaríamos por ser uma sociedade de pessoas iguais. E um mundo de iguais é um mundo opaco, sem brilho e sem sentido. Acho que estou começando a perceber que a felicidade é feita justamente deste balanço entre nossas qualidades e defeitos, entre o que temos e gostaríamos de ter. Só há duas formas de enriquecer: ou ter muitas posses e dinheiro, ou contentar-se com o que se tem, seja o que for. O equilíbrio que traz felicidade é justamente a aceitação dos próprios limites e a utilização plena dos recursos e talentos que se tem. Permita-me que eu sugira outra regra:

**Regra número 16: Todos somos intrinsecamente diferentes. Devemos conhecer nossos limites e respeitá-los.**

– Brilhante! Mas não esqueça da motivação principal:

**Regra número 17: O que importa não é a metamorfose, mas o sentido para onde ela nos leva. Só existe um rumo correto para qualquer mudança na vida: ser feliz.**

**A sessão do tribunal foi rápida** O próprio Ministério Público posicionou-se favoravelmente à revisão. O relator do processo votou pelo provimento da ação de revisão, no que foi seguido pelos demais julgadores. Sentado na primeira fila, senti que me tiraram o peso de vinte anos de sofrimento. Era como se retirassem os entulhos da fatídica obra de cima de sua alma. Um dos desembargadores ou o procurador, não sei bem – afinal, todos vestiam roupas pretas –, perguntou-me se eu estava ciente de que poderia obter alguma indenização pelo erro cometido. Disse-lhe que sim, mas que não pretendia fazê-lo. Perguntou-me se somente lavar a honra e o nome era suficiente. Disse-lhe que eu gostaria de ter a permissão para divulgar o desfecho do processo, tornar públicos os autos. Respondeu-me que era meu direito. Alertou-me que, apesar de os responsáveis pela adulteração de cálculos e plantas já estarem mortos, seus descendentes poderiam responder em um processo cível. Respondi-lhe que não estava interessado em perturbar a vida de ninguém. Muito menos de herdeiros inocentes sobre os quais já pesava para sempre o ônus de portarem sobrenomes de familiares cuja desonestidade havia matado aquelas crianças. Finalmente, indagou: "Como você viveu estes anos todos?". Respondi-lhe devolvendo o sorriso: "Simplesmente sobrevivi".

ooo

Entreguei-lhe, dias depois, a cópia do acórdão do Tribunal que meus advogados haviam me enviado por e-mail. Fiquei observando atentamente a reação de Francisco. O documento não se limitava a revisar a sentença que o condenara, mas, mais do que isso, resgatava seu nome, elogiava a fibra, a seriedade e a sinceridade com que se defendera. Nas entrelinhas, era um pedido de perdão da sociedade por um grave erro cometido. Francisco leu e releu. Depois, baixou os olhos como se estivesse fazendo uma oração silenciosa. Por fim, abriu-se em um sorriso do tamanho da Lua. E de novo me surpreendeu: "Vamos almoçar? Acórdãos deste tipo me abrem o apetite!". Saímos rindo em direção ao sol.

○○○

A revisão da sentença foi amplamente divulgada pelos jornais. Retrospectivas minuciosas, sob o título "Entenda o caso", apareciam em destaque. Meu nome passou a despertar grande curiosidade. O engenheiro que lutou vinte anos para provar sua inocência. A justiça tardou, mas compareceu. Eram apenas algumas das manchetes. Vários jornalistas tentaram me entrevistar. Obviamente, não aceitei. Ardiam ainda em minha memória os jornais da época mostrando as fotografias das crianças mortas e, ao lado, o único culpado, minha foto bem mais jovem e muito assustado. Não quero repetir o sofrimento. Prefiro esconder-me por alguns dias entrincheirado em meu minúsculo apartamento, olhando para o retrato de Marina, com muita tristeza por não poder dividir com ela este momento. A "volta por cima" que ela sempre previra, apesar dos momentos de desesperança. O "renascer da Fênix", "o retorno do guerreiro" eram algumas das expressões que ela usava para manter minha esperança. Inteligentemente, ela me voltava para o futuro, fazendo esquecer-me do passado doloroso. "Como no computador, aperte logo esse botão, delete o passado e recomece a viver", dizia ela. Agora sim, Marina. Agora posso recomeçar. Mas, Marina, tristemente, sem ti.

**Hoje é meu primeiro dia de liberdade nos últimos vinte anos** Sinto-me finalmente livre. Pela primeira vez, ao acordar, não vieram à lembrança os corpos das crianças mortas pela marquise e a injustiça a que fui submetido. Não comecei o dia lutando contra mágoas passadas, enfrentando o terrível espectro das mortes provocadas por outros e imputadas a mim. Estou livre. Apesar de todas as minhas certezas, apesar do apoio e do poder de convencimento de Marina, nunca deixei de me sentir mal. Ontem, ao ler a sentença do juiz, com o resgate de meu nome, senti como se fosse um pedido de desculpas da sociedade a um cidadão sem importância que apenas perdeu vinte anos de sua história. E recebeu uma dura sentença. Mas tento não cultivar mágoas, sei o mal que elas fazem para o corpo e para a alma. Vou tratar de curtir essa sensação de alívio pelo resto de meus dias. Por onde andar, não estarei mais sendo apontado como o engenheiro incompetente que matou aquelas crianças. Na verdade, há muito as pessoas esqueceram o fato. Mas não eu, que até ontem tinha a sensação de que todos os dedos estavam apontados para mim.

Olho longamente a fotografia de Marina, como faço todas as manhãs. O mundo reconheceu que estávamos certos. Porém, o irreparável é que você não está comigo agora, Marina, no momento da vitória.

Mas agora é libertação, é vida nova, é sorrir mais, é abrir a janela e imaginar que o paredão em frente, lateral do edifício vizinho, é uma tela gigante onde o cenário do parque, do rio e dos campos a perder de vista revela-se em um filme sem fim.

– Sua tranqüilidade surpreendeu-me mais uma vez, Francisco. Você enfrentou vinte anos com a leveza de horas. Não perdeu seu humor, não sangrou, não fez cicatrizes visíveis. E agora, em minutos, você apaga todas as mágoas e perdoa tudo. Não sei se é correto. Eu não faria o mesmo. Buscaria o revide, seria mais cruel com quem me tomou vinte anos.

– Pedro, aqui vai a **regra número 18: Em torno de oitenta por cento de nossos problemas são mesquinharias. Outros dez por cento são inevitáveis e, portanto, temos de aceitá-los. Apenas dez por cento são os que temos de enfrentar e resolver.** Este meu problema durou vinte anos, mas mudou de categoria ao longo do tempo. De início, esteve entre os dez por cento que eu precisava resolver. Mas perdi em todas as instâncias e fui preso por algo que não fizera. Lutei ferozmente para provar minha inocência, mas, infelizmente, não contei com as armas certas e perdi. Daí em diante, o problema passou para a categoria dos sem remédio, dos inevitáveis. Então mudei minha postura, resolvi adaptar-me aos fatos e procurar sobreviver a eles. Marina sofreu mais do que eu, terminou com um câncer que a levou precocemente. Ela não conseguiu mudar o problema de categoria.

– A reação dela parece-me mais lógica. Talvez eu reagisse da mesma forma.

– Nada é mais importante do que a vida, Pedro. Nem mesmo provar a própria inocência. Se esta luta me levasse à morte precoce, eu estaria errado. Preferi viver.

– Mas que tipo de vida é esta? Como você diz, com os dedos apontados contra você?

– Era minha única alternativa. Esperar, ser paciente, criar meu próprio mundo com uma dose de felicidade compatível à minha realidade e, claro, contar com a sorte. Ter sido atropelado por você foi uma grande sorte. Já pensou se eu tivesse me rebelado e processado você, infernizando sua vida em busca de algum dinheiro? Eu teria perdido a única oportunidade de provar minha inocência e viver tranqüilo. Portanto, sorte e decisão correta são os dois ingredientes que devolveram minha vida.

– Você venceu. Não tinha pensado nessa hipótese. Concordo que a raiva empana o brilho do raciocínio lógico e piora o resultado. Talvez nesta situação eu tivesse errado. Reagiria com raiva.

– Raiva mata. Está provado. Gastamos a maior parte de nossa energia com problemas sem importância. Devíamos funcionar como um computador. Arquivo útil: armazenado. Arquivo inútil: deletado. No computador, o que está armazenado não volta a todo instante para obstruir e retardar nosso caminho. Só volta se buscarmos intencionalmente na memória. Mal-entendidos, comentários ácidos, pequenas injustiças, faltas de gentileza, ingratidão, desatenção, tudo cai na grande cesta das "picuinhas" que provocam raiva e mágoa se as valorizarmos. Em horas ou dias elas se tornam completamente inexpressivas. O problema é a nossa vaidade, que precisa ser continuamente alimentada. Se algo não nos gratifica, não engrandece nosso narcisismo, rapidamente transformamos em mágoa. Assim é que funciona a fábrica de mágoas: vaidade não gratificada significa mágoa fabricada. E a produção pode ser fantástica, na dependência da importância que atribuímos a nós mesmos. Nosso narcisismo é inesgotável e incansável. É como a cabra montanhesa roendo capim e pedras. Não respeita nada.

– Fábrica de mágoas... Gostei da imagem. Passamos a vida acumulando mágoas. E há os que pagam todo mês a um psicanalista para deletá-las. Devíamos nascer providos de uma tecla "delete". Esta é uma palavra inglesa definitiva, completa em si própria. Não exige explicações adicionais. O correspondente português seria "apagar", mas não é tão definitivo quanto "delete". Apagar pode ter outros significados, como "apagar a luz", que poderá voltar a ser acesa depois. "Delete" é descartar para sempre. É realmente definitivo. Mas o que mais gostei foi da imagem da cabra montanhesa e sua correlação com nosso narcisismo. Ambos são incansáveis, concordo. Mas discordo de um único aspecto. O treinamento contínuo prepara o cérebro e a alma para qualquer tipo de reação. Acho que a cabra montanhesa pode ser domesticada a ponto de circular livremente em nosso jardim sem tocá-lo. Se dominarmos nossa vaidade, aprenderemos a conviver com insatisfações sem gerar novas mágoas. Imagino um monge cisterciense isolado do mundo, dedicando sua vida à oração e ao estudo. Que tipo de vaidade pode ter?

– Meu amigo, não esqueça que a cabra montanhesa rói igualmente o manto dourado dos reis e o velho hábito dos monges. É da natureza humana, a vaidade. O narcisismo faz parte em maior ou menor intensidade da estrutura mental de cada um. Concordo que o treinamento pode melhorar a vida. Mas a luta é contínua. Aqui, sim, "o preço da liberdade é a eterna vigilância".

– Mas isso não resolve a questão do perdão. Confesso que sempre tive dificuldades em perdoar. Meu tempo de digestão é longo. Não consigo usar o verbo deletar com facilidade. Em você, sinto um genuíno perdão, não apenas uma fuga do problema por comodismo ou uma entrega do passado ao esquecimento. É mais do que isso. Ao falar ao juiz, você estava realmente perdoando aos que provocaram sua tragédia pessoal. Mas, me pergunto: os pais daquelas crianças e a viúva da outra vítima da marquise, eles perdoaram tão facilmente?

– Visitei todos eles após ter saído da prisão. Reafirmei a eles minha inocência. Aceitaram minhas palavras, pois me viram tão destruído quanto eles. Sofriam intensamente. Em suas casas ainda pairava a nuvem negra da desgraça. A viúva, pessoa simples, lutava por um seguro que jamais recebeu e que a sustentaria com alguma folga. Depois fiquei sabendo que encontrou alternativas, passou a fazer congelados, doces para festas. E sobreviveu. Anonimamente, mandei envelopes com dinheiro para ela durante seus tempos mais difíceis. Pouco dinheiro, pois eu também estava quebrado. Acho que me perdoaram. Mas certamente suas vidas ficaram marcadas.

– Perdoar é difícil. O tamanho do perdão é proporcional ao tamanho da ofensa. Esse é o problema. Perdoar o vizinho por ter batido de leve em nosso carro é muito fácil. Mas perdoá-lo por ter atropelado nosso filho é completamente diferente.

– É, Pedro, pedir perdão é muito mais fácil se imaginarmos que estamos resolvendo um problema nosso, que martela em nossa cabeça. Pedindo perdão eliminamos nosso problema. Já ao perdoarmos, estamos ajudando o ofensor a ter uma vida mais fácil. Mas não é justo você querer ser perdoado para se sentir melhor e não dar a mesma chance aos outros, não perdoando. A virtude está em exercitar o perdão em suas duas formas: pedir e conceder. A oração mais conhecida e repetida no mundo foi ensinada pelo próprio Jesus: "Perdoai nossas ofensas assim como nós perdoamos a quem nos tem ofendido". O perdão é uma estrada de duas mãos.

○○○

A secretária entrou com um enorme pacote.
– Para o senhor, dr. Francisco. Quem entregou não quis esperar. Deixou um cartão.

Era uma grande bandeja de doces coloridos e apetitosos. O cartão em uma letra desenhada transmitia uma mensagem com vinte anos de memórias. Dizia simplesmente: "Nunca acreditei em sua culpa. Durante todo o tempo, rezei pelo meu marido falecido tão tragicamente e para que a verdade aparecesse. Apesar de ter gastado minha vida no calor do fogão, muitas vezes até altas horas, perdoei a todos. Hoje tenho meus filhos formados e, posso dizer, sou quase feliz. O senhor e eu agora podemos descansar".

Francisco, visivelmente emocionado, olha para Pedro, que sorrindo já se joga sobre o primeiro docinho.

– Como eu disse, Francisco, ela pode ter perdoado, mas só agora descansou, quando a verdade apareceu e a justiça foi feita. Mas leia as entrelinhas. Só agora ela perdoou você, pois agora sabe que você é inocente. Só agora você mereceu uma bandeja de doces.

– Ser considerado inocente ou ser perdoado me abre o apetite. Passe para cá esta bandeja!

**Passei há pouco pela igreja** do bairro e vi entrando pela porta principal um jovem de menos de vinte anos. Fiquei curioso. O que faria ele às quatro horas da tarde de um dia ensolarado de verão em uma igreja? Parei o carro e resolvi entrar, movido por pura curiosidade. Igrejas, para mim, sempre significaram apenas um símbolo religioso ou um local a ser visitado por sua importância histórica. Não foram jamais locais de recolhimento e oração. Na idade daquele jovem, eu estava batalhando por meu sustento, tentando me libertar de Mirassol e fazer uma vida com mais perspectivas. O último lugar que eu pensaria em buscar refúgio seria em uma igreja. Entrei pela nave central adaptando meus olhos à semipenumbra em contraste com o brilho do sol lá fora. Um ar fresco, também contrastando com a temperatura externa, trouxe-me conforto e paz. Vi o jovem sentado no segundo banco dianteiro à esquerda. Fiquei surpreso com o número de pessoas que rezavam silenciosamente, sentadas, ajoelhadas ou de pé, em frente aos altares laterais. Eram homens e mulheres de todas as idades, alguns visivelmente marcados pelo sofrimento, outros bem vestidos, engravatados, como se estivessem fugindo por alguns momentos dos escritórios comerciais da vizinhança. O silêncio era absoluto, quebrado ocasionalmente por um pigarro, um ruído de passos ou o ranger dos velhos bancos de madeira. Um casal de namorados, muito sério, de mãos dadas, olhava fixamente para uma estátua de Santo Antônio. Impressionou-me a popularidade do santo. A cada pouco alguém parava à sua frente como se retomasse um diálogo antigo. Aliás, em minha mania de analisar e contestar, não pude deixar de observar a estátua de São José abandonada em um canto. José foi namorado, noivo e marido, e ninguém o invoca para fins casamenteiros. Em compensação, Fernando de Lisboa, depois Antônio de Pádua, nunca casou e, mesmo assim, é internacionalmente reconhecido como o protetor dos casais que se amam.

O jovem permanecia ali, sentado quieto, olhos semicerrados. Sentei-me no lado oposto, em uma fila de bancos mais atrás, onde pudesse observá-lo. Ele estava absorto, parecia dormir. Suas roupas eram simples, semelhantes a um uniforme de trabalho. Decidi esperar. Ficou ali uns quinze minutos. Depois, levantou-se, fez um ritual de paradas nos altares laterais, demorando-se um pouco mais, obviamente, diante de Santo Antônio. Esperei-o na porta com um sorriso, prontamente retribuído.

– Desculpe-me a intromissão. Você vem sempre aqui? Não pude deixar de observar sua concentração.

Olhou-me longamente, ainda sorrindo, observou minhas roupas, meu relógio caro e respondeu simplesmente:

– Sou carteiro, ando todo o dia por aí, com sol e chuva. As igrejas ao longo do caminho são meus únicos refúgios. Aqui me sinto seguro e em paz.

– Você reza?

– Quando vivia em minha cidade, no interior, rezava todos os dias com minha família, em frente a uma estátua que existia lá em casa.

– Uma estátua do Coração de Jesus em um nicho na parede, com uma lâmpada acesa ao lado?

– Como você sabe?

– Tínhamos uma lá em casa, em Mirassol. E todos rezavam todos os dias em frente a ela.

– Pois, então. Quando vim para a capital, esse hábito foi se reduzindo. No fim de semana estou tão cansado que prefiro dormir.

– Mas agora você veio rezar?

– De tudo um pouco. Comi um sanduíche no bar da esquina do outro lado da rua, é o que chamo de almoço *chique* pelo horário, três da tarde. Sempre me dá sono depois do almoço. Vim aqui para dormir minha sesta protegido. Enquanto cochilo sentado, Ele me cuida. E apontou para o altar central, onde uma enorme imagem do Coração de Jesus, de braços abertos, sorria discretamente para nós.

○○○

De minha última visita a Mirassol, inúmeras boas memórias voltaram comigo: a cidade, a velha casa onde nasci e me criei, o bar do bilhar. Mas aquela imagem na parede com uma lâmpada acesa ao lado remeteu-me direto à minha infância. Havia na época o costume de manter lamparinas de azeite acesas ao lado de imagens. A lâmpada foi uma conveniente evolução tecnológica, certamente menos complicada do que manter uma lamparina acesa. Era lá, naquele oratório, que minha mãe contava histórias encantadas que, mais tarde fiquei sabendo, eram extraídas da Bíblia. Era à frente daquela estátua que eu era obrigado a pedir perdão pelas minhas traquinagens e pelas brigas com minha irmã. Era lá que a família reunida pedia paz, alegria, saúde e sustento. Talvez a decepção em não obter resposta a nenhum dos pedidos tenha me afastado da religião, tornando-me um sujeito morno, sem espiritualidade. E principalmente sem esperança. O jovem que acabo de conhecer na porta da igreja não busca refúgio em um cinema, como eu fazia em sua idade, quando estava triste e abatido. Eu fugia para o mundo irreal da ficção cinematográfica, que tantas vezes embalou meus sonhos. Ele vai à igreja para rezar e descansar. Intriga-me demais o comportamento desse jovem. Não posso evitar comparar-me com ele. Onde ficou minha fé, em que curva do caminho a perdi?

○○○

– Pedro, meu amigo, o sofrimento inevitavelmente nos aproxima de Deus. Você criou um mundo de ficção, tentando afastar o sofrimento. Você sofreu pouco, não encarou sua realidade, procurou esquecer Mirassol, substituindo-a por seu trabalho, suas conquistas, suas viagens e muitos novos negócios. Você parecia não querer pensar no assunto, estava sempre muito ocupado para admitir a importância da fé, da espiritualidade, da oração em sua vida. Estou convencido, Pedro, de que a oração é um grande remédio. Funciona para qualquer doença, seja do corpo, da mente ou da alma. É remédio barato, não tem contra-indicações nem efeitos colaterais. E não há genéricos. É única, individual e insubstituível. A oração equilibra a mente e apazigua o espírito. Durante toda a doença de Marina, rezamos muito, ela e eu. A sensação que tínhamos era de que, juntos, éramos mais fortes. Nos últimos meses, Marina usava um terço continuamente enroscado em seu pulso. Nós dois sabíamos da situação difícil em que ela se encontrava, mas decidimos nunca rezar para pedir milagres, somente para agradecer pelo tempo maravilhoso que tivemos juntos. O médico de Marina surpreendia-se com nossa paz. Várias vezes perguntou qual era o segredo. Em um final de tarde, quando éramos os últimos no consultório, resolvemos dizer-lhe:

"– Doutor, nosso passado e nosso futuro nos tranqüilizam. O passado foi maravilhoso. Sofremos juntos, rimos juntos, sonhamos os mesmos sonhos. Nosso futuro, que lhe parece curto, em realidade não é, porque nossa medida do futuro é a eternidade. Temos a eternidade pela frente para curtir nosso amor e nossa companhia. Ainda que pareça absurdo, as memórias têm permanência. Elas não se esgotam. A atual fase é quase um preparo para o 'retorno ao futuro'. Estamos vivendo este momento desta forma: não é um 'adeus'. É, no máximo, um 'até breve'.

"O olhar surpreso do médico fixava-se um pouco em mim, um pouco em Marina. Perguntou-nos:

"– Vocês têm religião, freqüentam algum culto?

"– Vamos com freqüência à igreja. Rezamos juntos de mãos dadas. Sempre agradecendo, jamais pedindo. Gostamos de nos sentir parte de uma comunidade religiosa, cantar juntos, rezar em voz alta.

"– Acho que se parece com uma terapia de grupo. Nós, médicos, estamos atualmente vivendo este dilema. Acumulam-se informações científicas demonstrando a importância da fé, da espiritualidade no tratamento e na cura. Estamos tendo que abandonar nosso ceticismo e assumir uma nova realidade.

"– Doutor, não sou médico, mas posso dar-lhe um testemunho: **'Sua espiritualidade pode não curar suas dores, mas permitirá suportá-las mais facilmente'. (Esta é mais uma de minhas regras, a de número 19.)**"

○○○

Voltei à igreja após despedir-me do jovem carteiro. Sentei-me ao fundo, no canto mais escuro. Revi alguns dos momentos mais críticos de minha vida. Certamente, teriam sido mais fáceis se tivesse contado com apoio espiritual. A solidão foi uma opção pessoal. Eu poderia ter sido muito bem acompanhado, mas optei por enfrentar sozinho. Não foi uma boa idéia. Minha vida teria sido muito mais fácil. Fiquei ali sentado por um tempo incerto. Ao final, olhei longamente para a estátua do Coração de Jesus e decidi recomeçar.

Quando saí, era noite lá fora.

**Conversão** Quando penso sobre minha vida nestes últimos meses, fico atônito. Com mais de cinqüenta anos de idade, foram invejáveis o número e a intensidade das transformações. Hoje sou outro homem. Emergiu desse período de mudanças um novo Pedro, mais maduro, mais sereno e mais feliz. Meus valores mudaram. **Consigo ver o passado sem amargura, o presente sem pressa e o futuro com esperança. Foi a lição de número 20 que aprendi. Aliás, uma das tantas coisas que aprendi com Francisco é que ter esperança é fundamental para uma vida saudável.** Todos temos de ter esperança para darmos sentido à vida. Esperar e planejar: ambos se complementam. Se espero obter alguma coisa, devo planejar minhas ações no rumo do que desejo. Dentro de certos limites, podemos planejar nosso futuro com uma boa margem de acerto. Podemos fazer opções pela felicidade e longevidade, por exemplo. Mas eu não entendia assim. Mudei após confessar-me infeliz e declarar-me em fim de carreira. A conversão trouxe-me ao dia de hoje, a um novo mundo de luz e esperança.

Aprendi outras verdades, abri mão de algumas que considerava corretas, mas que terminaram por se revelar falsas. Hoje sou mais simples e mais verdadeiro, apesar de que **simplicidade e verdade são geradas no mesmo ninho e são inseparáveis. Esta é a lição número 21.**

Adquiri mais respeito por mim mesmo. Muitos chamam isso de auto-estima. Na verdade, o resultado final é que estou mais magro, exercito-me praticamente todos os dias, até me observo no espelho com mais freqüência, o que não fazia há muito, por não gostar do que via. Hoje, vejo com gosto minhas transformações. Comprei roupas, mudei meu estilo sisudo para uma figura mais jovial. Voltei a rir, tenho dado boas gargalhadas e até já consigo contar anedotas. Raramente alguém sai do meu escritório sem dar boas risadas. Vejo na surpresa dos meus amigos mais antigos o tamanho da minha transformação. Todos me perguntam: "Estás nos escondendo uma nova paixão? Como é o nome dela?". Respondo apenas: "Vida. Minha nova paixão é a vida".

Também tenho transmitido luz e esperança aos que me cercam. Vejo-os mais animados, sorridentes, cumprimentando-se, trocando gentilezas. O antigo clima de funeral de meu escritório foi substituído. Trabalhamos mais em equipe, preciso mandar menos, tenho usado muito pouco minha autoridade, pois não tem sido necessário. Todos estão animados, fazendo seu trabalho com dedicação. Há menos esquecimentos, atrasos, perda de prazos, erros na execução de projetos. Francisco fica acompanhando o exército apressado de secretárias, engenheiros, contadores etc. e diz que até a velocidade aumentou. Ele insiste em dizer que todos são os mesmos, eu é que mudei. Entendi finalmente a real dimensão da liderança e em que bases ela deve ser exercida. **O bom líder apenas induz, não precisa exercer sua autoridade. O bom líder está a serviço de seus liderados.** Inverte-se a pirâmide e, assim, a agilidade do processo aumenta. Atualmente, sou somente um facilitador, um apoiador, o que, aliás, deve ser o grande papel do líder: liberar o caminho para que seus comandados atuem com mais velocidade e eficiência.

Meu filho tem sido uma revelação. Está sempre presente, toma decisões com desenvoltura, lembra muito meu jeito e estilo em sua idade. Veste-se discretamente. Parece querer apagar um passado difícil e doloroso. Vejo-o agora cheio de esperança e planos futuros, como quem realmente descobriu novas possibilidades para a vida. Mora comigo, faz questão de, sempre que possível, acompanhar-me nas refeições, quando então mantemos longas conversações. Parece querer recuperar o tempo que passou distante de mim, aprendendo o que já deveria saber há muito. Seus estudos vão bem. Concluirá em dois anos seu curso de Administração e planeja em seguida fazer um MBA em alguma boa universidade. Chegamos à conclusão de que já constituímos uma família. Faltam-nos, porém, companhias femininas para dar um toque humano à nossa casa. Os empregados colhem flores no jardim, sempre as conservamos em nossa sala. Mas, imagino, seria muito bom ver alguém que amássemos, ajeitando-as em vasos, aspergindo de perfume, alegria e calor nossa atmosfera familiar. Estamos ambos carregados de esperança de que o futuro nos traga esse presente.

Francisco tem sido a revelação de sempre. Passa os domingos conosco, almoçamos os três e ficamos conversando na varanda pela tarde afora. Freqüentemente nos acompanha em viagens de inspeção a obras ou em fins de semana prolongados. Insistiu em voltar a seu trabalho como engenheiro residente nas obras da periferia. Não permiti. Sugeri-lhe a chefia do Departamento de Projetos. Não aceitou. Disse-me que não tinha as qualidades necessárias, preferia projetar e calcular, o que sempre fizera bem, mas não seria um bom chefe. Ao vê-lo em ação em sua mesa de trabalho no Departamento de Projetos, senti-me comovido e recompensado por ter salvado sua carreira. Mas é o mínimo que poderia ter feito por quem me salvou a vida. Obviamente, mantive sua mesa entre a minha e a de Rafael na Diretoria, para nossos encontros de fim de tarde, quando conversamos generalidades e ouvimos mais algumas de suas "regras". Não sei em que número andarão, já perdi a conta.

Registrei em seu nome um apartamento de cobertura de frente para o rio e para os campos verdes a perder de vista. Só aceitou quando lhe disse que era, na realidade, uma indenização. Afinal, a empresa que o havia prejudicado era agora de minha propriedade.

A mudança foi feita em uma tarde de sábado. Ajudei-o a amontoar seus velhos móveis em um caminhão e levei-o em meu carro para o novo apartamento. Na porta do edifício, disse-me que queria esperar sua mudança. Sugeri-lhe que subíssemos para ver se o apartamento estava limpo e em ordem para receber seus móveis. Ao abrirmos a porta, ficou extasiado, com um sorriso tão amplo que eu ainda não conhecia e um olhar descrente de interrogação. Eu mandara nossa melhor decoradora mobiliar e montar seu apartamento até os últimos detalhes de louças, talheres, enfeites, toalhas e roupas de cama. Estava simplesmente deslumbrante. A fotografia de Marina, ou melhor, uma cópia da original, surrupiada temporariamente de seu velho apartamento, já estava sobre um piano de cauda, dominando a sala. Um piano de cauda à espera de seu aprendiz. "Você lembrou até do piano?" Como se estivesse flutuando, abriu as cortinas, caminhou até a enorme varanda de olhos fixos no azul do rio. Um pequeno veleiro balançava ao vento. Voltou-se para mim e disse-me com um sorriso inesquecível de gratidão: **"Mais uma lição para você (a de número 22): Nunca exagere na sua generosidade".** Pegou o retrato de Marina, abraçou-me agarrado a ele e começou a chorar baixinho.

**Em busca do passado** Francisco olhou-me longamente e vasculhou na memória fatos evidentemente dolorosos.
– Você tem razão. Nunca lhe falei de minha família. Mas para tudo existe uma razão. Claro que tive uma família, mas por pouco tempo. Não cheguei a perceber seu calor, pois já na adolescência eu e meu irmão estávamos sós. Meu pai, segundo minha mãe, era um tipo fantasticamente bonito, sedutor e aventureiro. Tinha idéias políticas estranhas, mas a época era da esquerda festiva. Fidel e Guevara despontavam como os ídolos românticos das Américas. Na realidade, minha mãe nunca soube de suas atividades políticas, conhecia-o apenas como um bom médico, generoso, disponível e completamente dedicado à sua profissão. Tínhamos uma vida agradável, meu irmão e eu estudávamos em bons colégios, tínhamos propriedades, casa na praia, sítio... Um dia, meu pai colocou-nos na cama, deu-nos um beijo de boa noite e disse que iria fumar no jardim. Sumiu. Nunca mais o vimos. Durante algum tempo, recebemos algum dinheiro que, geralmente, aparecia de forma misteriosa, por depósito bancário ou envelopes de correio, tudo no mais completo anonimato. Suspeitamos que tenha sido morto, pois, subitamente, as remessas pararam. Minha mãe fez o que pôde. Vendeu progressivamente nossas propriedades para prover nosso sustento e estudos. A memória que tenho dela é de uma mulher triste, deprimida, sempre calada e sem ânimo. Porém, também sem queixas. O câncer a derrotou em dois tempos. Meu irmão e eu a enterramos em uma tarde de sábado sem sol, acompanhados por um reduzido número de amigos que

simplesmente não sabiam o que nos dizer. Não tínhamos outros parentes e aquela tarde ficou em minha lembrança como um momento de profunda solidão. Depois, ao longo da vida, acostumei-me aos fatos inesperados. Talvez a surpresa e o imprevisto sejam a melhor forma de caracterizar minha vida.

– Não sabia que você tinha um irmão.

– Meu irmão tem a alma de nosso pai. É aventureiro, largou cedo os estudos, viajou por países estranhos, sustentando-se com empregos temporários. Até hoje, aparece ocasionalmente, pede-me algum dinheiro e volta a desaparecer.

– É uma história difícil essa sua. Faz-me ter menos compaixão por mim mesmo, por minha própria história. Mas como você viveu após a adolescência? E a faculdade de Engenharia?

– Aprendi a sobreviver. Em primeiro lugar, usei minha parte da pequena herança para financiar meus estudos. Comecei a trabalhar desde cedo. Na verdade, do cemitério saí diretamente à procura de emprego. Tinha quinze anos, estava em plena adolescência. Fiz de tudo. O que você imaginar, eu fiz. Fui engraxate, vendedor ambulante, garçom, carteiro... Minha faculdade de Engenharia exigia cada vez mais empregos noturnos, e fui até segurança de boates. Mas não fiquei com marcas negativas desse período. O trabalho nunca me causou problemas, ao contrário, sempre me senti útil, ativo, bem-humorado, ria o tempo todo diante de meu esforço para sobreviver. Ninguém que convivesse comigo naquele tempo poderia suspeitar o grau de dificuldades que eu enfrentava. Mas saí sem marcas ou mágoas.

– E seu pai? Não voltou a aparecer?

– Aí está a única mágoa que me restou. Enquanto enterrávamos minha mãe, vi atrás de uma fila de túmulos um homem com barba, que nos olhava fixamente. Tenho certeza de que era meu pai. Marcou-me demais o fato de ele ficar à distância, assistindo à nossa tragédia sem se aproximar. Sem dividir conosco. Corri entre os túmulos e ainda consegui vê-lo embarcar apressadamente em um táxi. Era realmente ele. Mais velho, com barba, maltratado pela vida, roupas surradas. Talvez a falta de recursos ou as incertezas da clandestinidade tenham feito interromper as remessas de dinheiro. Mas não era dinheiro o que queríamos, era sua presença, seu apoio. Às vezes, estar por perto é o suficiente. Tenho a impressão de tê-lo visto à distância em minha formatura, mas não tenho certeza. Perdoei meu pai, mas não consegui apagar até hoje um resto de mágoa.

– Incertezas, imprevistos... Nossas vidas são marcadas pela surpresa. A sua mais do que a minha. Mas como não sofrer? Como não ficarmos sujeitos ao passado, não tornar o sofrimento uma presença constante pelo resto da vida? Às vezes, minhas dores íntimas afloram e ficam martelando minha cabeça. Dor de dente na alma, essa é a expressão mais real...

– Lembra que falei sobre como classificar os problemas? A maioria absoluta, oitenta por cento são bobagens e devem ser esquecidos. Outros dez por cento são imutáveis e insolúveis, portanto, há que simplesmente aceitá-los. Apenas dez por cento são os que temos de enfrentar e resolver. O passado está entre os insolúveis. Não adianta cultivar mágoas, pois elas simplesmente fazem o problema permanecer, mas não ajudam em sua solução. É de novo a história da mochila. Passamos carregando pedras, simplesmente rochas inaproveitáveis, enquanto não valorizamos as pepitas de ouro. Essas, sim, devem ser preservadas, protegidas.

– Mas isso não resolve o problema da imprevisibilidade, da surpresa.

– Surpresas nem sempre são desagradáveis. Ter sido atropelado por você terminou sendo uma experiência agradável. É a forma de ver o problema que o transforma em bobagem ou em mágoa eterna. Temos de aprender a ver com os olhos de oitenta por cento, apesar de que devemos respeitar os outros vinte por cento. Tragédias inesperadas podem mudar definitivamente nossa vida. A queda da marquise em meu primeiro emprego como engenheiro foi um desses casos. Mas sempre tive certeza de minha inocência. Refiz aqueles cálculos mais de mil vezes. Essa, sim, foi a maior de todas as surpresas, que terminou por consumir todas as demais.

– E quando Marina entrou nessa história?

– Por acaso, inesperadamente, em uma tarde de domingo.

**Em uma tarde de domingo,** eu andava pela cidade sonhando, tal como quando você me atropelou. Sonhar tornou-se um hábito para mim. Eu imaginava castelos em plena avenida Central. Imaginava surpreender lugares conhecidos do mundo ao contornar uma esquina. Se entrar à esquerda nesta rua, encontrarei a Fontana di Trevi e, logo mais adiante, a figura imponente de Cósimo de Médici sobre seu magnífico cavalo. Desenvolvi a habilidade de ver com os olhos do sonho lugares e monumentos de Roma ou Florença, que conheci através de minhas leituras ou pelo canal de TV *National Geographic*. Nesses momentos, sinto-me integrado ao mundo, com os pés no planeta. Apesar de voar para longe de minha realidade, sinto a emoção de conhecer lugares onde nunca estive. Não preciso pôr os pés em Paris para emocionar-me com suas maravilhas. O sonho me conduz para onde eu quero, a imaginação é um guia sem limites. Assim, a vida torna-se mais fácil, mais colorida, mais cheia de surpresas e, principalmente, muito mais barata.

– Mas onde entra Marina nessa história?

– Observei primeiro seus cabelos. Eram lisos, esvoaçantes e cheios de brilho. Depois, vi o sorriso em um rosto de boneca. Delicados, envolventes, o rosto e o sorriso. Marina fazia o mesmo que eu: caminhava para sonhar. Foi assim que, em uma tarde de domingo, nos encontramos e decidimos juntar nossos sonhos e caminhadas. Na primeira tarde já estávamos sintonizados. Escolhemos intuitivamente o mesmo trajeto e até entramos juntos, sem acerto prévio, em um bar de esquina para um refresco. Até aquele momento, tínhamos vidas paralelas, mas muito parecidas. Ela também resultante final de uma família pequena quase extinta. Ela também irremediavelmente sonhadora. Havia terminado seu curso de Psicologia e estava dando os primeiros passos na profissão. Pretendia fazer formação psicanalítica, o que terminou nunca sendo viável pelas dificuldades que enfrentamos juntos após a queda da marquise. Mas nunca a ouvi queixar-se disso. Aceitou seu destino da mesma forma como aceitou mais tarde seu câncer. Marina era mais forte do que eu em tudo. Apenas suas células eram mais frágeis.

– As mulheres são geralmente mais fortes do que nós. Além disso, são também mais focadas, mais alertas. Protegem o ninho e os filhos, trabalham em três turnos confortavelmente. Nós não recebemos esse dom da natureza. O homem continua um caçador da caverna. Vai à caça durante o dia, volta esfolado e cansado e cai nos braços da companheira. Com a mudança dos tempos, a mulher também se tornou caçadora. Volta do emprego e cai na cozinha, na arrumação da casa, nos cuidados com os filhos, deveres escolares, merenda. Depois, passa aos cuidados com a roupa de toda a família. Só depois cai nos braços do companheiro. Sinceramente, não sei se foi um bom acerto essa tal liberação feminina... Mas, continue. Interrompi o relato de sua vida com Marina.

– Você já sabe o resto. Tivemos uma vida simples e extremamente feliz. De início, ambos apresentávamos marcas de nossa solidão, o que nos deixava duros e frios por alguns momentos. Depois, aprendemos a injetar sonhos e sorrisos um no outro. E terminamos sobrevivendo. Infelizmente, eu mais do que ela.

– Você pensa em casar de novo?
– Sim, claro! Com Marina.

**Finalmente, tens um passado...** – Não conhecer sua vida passada me deixava apreensivo, Francisco.
– De pleno acordo, Pedro. Concordo totalmente. Tenho plena convicção de que quem não tem passado não terá futuro. Um triste passado é melhor do que nenhum. **Pode anotar, esta é a regra 23. Respeitar o passado e tirar lições dele é uma atitude inteligente.** Lembra quando eu insisti que você voltasse a Mirassol? Pois eu queria que você resgatasse aquela parte de sua vida que ficara esquecida ao plano consciente. Lá no fundo do cérebro essas memórias não ficam perdidas, ao contrário, pesam demais.
– E agora, você conseguiu resgatar seu passado?
– Certamente. Depois da sentença do juiz, tudo ficou mais claro. É como se eu estivesse recomeçando. Minhas últimas mágoas estão sendo varridas de minha cabeça. Perdoei meu pai e procuro entender suas razões. Sabe-se lá como andava sua vida naquele momento para tomar uma decisão tão drástica. Sabe-se lá o grau de envolvimento com sua causa política, a importância para ele de suas idéias, o idealismo, a luta por algo que ele mesmo talvez não conseguisse definir claramente. Alguns chamam de utopia e cruzam o mundo em seu encalço. Falou-se muito na época em hospitais clandestinos para tratamento de guerrilheiros urbanos, cirurgias plásticas para mudar as características faciais. Às vezes, fico imaginando meu pai, um médico experiente e com boa formação, filho e neto de médicos, atuando com brilho, clandestinamente, apesar de ser portador

de um belo diploma de uma das melhores escolas médicas do país. E tudo em nome de uma causa.

— É difícil entender. Mas, como sempre, devemos analisar o contexto, o tempo em que ele viveu, seus comprometimentos, objetivos. Você deve respeitá-los, apesar de não concordar com eles, Francisco.

— Hoje tenho isso muito claro, Pedro.

— Você falou em imprevistos. Estou convencido de que o sucesso está intimamente ligado à capacidade de lidar com o imprevisto. Essa forma de reagir rapidamente ao inesperado, com serenidade e inteligência, é o segredo para uma vida mais saudável e mais longa. Nisso inclui-se a forma de aceitar a morte inesperada de um familiar, a perda de bens materiais, ou até a perda de um amor. Quem se adapta às novas circunstâncias com mais presteza é quem sobrevive. Acho que nossas células são como estes cães furiosos que identificam com facilidade as pessoas que os temem. Nossas células ficam espreitando a forma como reagimos. Se mantivermos nossa altivez diante da crise, elas se preparam sadiamente para a batalha. Se nos deprimimos, elas também desistem e permitem a invasão da doença. Não lhe parece?

— Acho que sim. Com minha mãe foi assim. Com Marina, infelizmente, o tempo do sofrimento foi muito longo. Perdemos tempo demais. Imagino agora a luta interior dela durante anos, demonstrando-me otimismo, quando todos os fatos apontavam o contrário.

— Francisco, nós dois chegamos aos cinqüenta anos sem famílias estruturadas, com motivos demais para esquecer o passado. Agora, graças a Deus, estamos desembarcando mágoas e preparando um futuro mais feliz. Aprendi muito com você. Apesar do passado que agora você me revelou, você soube manter o humor, a alegria de viver, conseguiu ver castelos onde só havia ruínas. Por caminhos diferentes, fizemos vidas semelhantes; no entanto, você soube administrar melhor a sua. Mas é indiscutível que temos muito em comum. E temos agora nossa amizade sendo construída diariamente há dois anos. Amigos são escolhidos, irmãos devem ser aceitos. O acaso me concedeu você como amigo e irmão.

– Pedro, nada acontece por acaso. O acaso é a Providência Divina em ação. Já que o passado não nos favoreceu, vamos nos dedicar à construção de um bom futuro.

**E não esqueça a regra número 24: O sucesso está intimamente ligado à capacidade de lidar com imprevistos.**

**Construir o futuro** é o que deve ser nossa tarefa agora. Já temos um passado e um presente. Falta-nos o futuro. Sob o ponto de vista profissional, já executamos nossa tarefa. Resta-nos construir uma vida familiar, um relacionamento estável, Pedro.

– Relacionamentos são difíceis. Aliás, não conheço nada mais complicado. O tempo transforma as pessoas. O casamento pode tornar-se uma fábrica de mágoas. A alma do casamento está nos detalhes. Às vezes, o erro situa-se em ouvir pouco e falar demais; outras vezes, é pensar individualmente, quando todas as decisões do casal são coletivas.

– Você não estará destruindo a individualidade de cada um, tentando criar um ser humano com duas cabeças, quatro pernas, etc.?

– Não, ao contrário, Franscisco. Depois de certo tempo, os temas principais ficam acertados, não havendo necessidade de discussão. São os pequenos detalhes que irritam. **Além disso, homens e mulheres são intrinsecamente diferentes e mantêm um padrão muito diverso de comportamento. Ouvi em algum lugar que as mulheres casam-se esperando que os homens mudem e eles não mudam. Em compensação, os homens esperam que as mulheres não mudem e elas mudam. A sensibilidade de homens e mulheres é compreensivelmente diferente. O problema é que, ao longo dos anos, os homens reduzem sua sensibilidade, e as mulheres aumentam a delas.**

— Você está contaminado pelos relacionamentos imperfeitos em seu passado. Isso torna seu julgamento muito crítico e até suspeito.

— Meu amigo, comunico-lhe formalmente, em primeira mão, que não há relacionamentos perfeitos. A antiga *love story* só funciona bem nos sonhos e nos romances. Na vida real, os problemas são diários e exigem soluções práticas que nem sempre atendem a vontade ou os interesses dos dois. Além de muita educação, um relacionamento estável exige saber perder, aceitar mudanças de paradigma, adaptar-se, perdoar, relevar, pedir perdão e recomeçar.

— Realmente, relacionar-se com alguém exige o exercício diário do perdão em suas duas formas: pedindo e concedendo.

— Existe entre os casais uma disputa contínua pelo comando. Os homens estão geralmente dispostos a conceder o comando da casa, da vida familiar, dos filhos. As mulheres exigem mais do que isso. Querem participar das decisões mais importantes, dos negócios, dos investimentos. Claro que fazem isso com vistas à segurança de seus filhos e delas próprias, pois essa é a índole das mães. Assim, o choque se torna inevitável. Entretanto, ao longo dos anos, observei casais terminarem seus relacionamentos não importando se as mulheres fossem submissas ou dominadoras, ou os homens fortes ou fracos. Portanto, não há regras. Não há composição ideal.

— Mais uma vez, seus argumentos são suspeitos, Pedro. Concordo que os homens possam ter sido caçadores e as mulheres protetoras da caverna. Mas essa vocação vem mudando, homens e mulheres vêm igualando sua participação na vida da família. Meu amigo, existe uma única regra para o sucesso de um relacionamento: o amor. Sem ele não há concessões de parte a parte, não há parceria, não há casamento.

— Poesia, pura poesia. Um amigo meu, professor e filósofo, costuma dizer que o preço da harmonia é a eterna obediência do homem. Não, não ria, você não deve rir de coisas sérias.

– Ora, por favor, não seja machista, isso é muito antigo. Já que está entrando para o terreno da brincadeira, imagine um mundo sem mulheres... Não haveria atrativos. Temos de pagar um preço a elas, à sua inteligência, à sua beleza...

– O preço é a nossa liberdade!

– Você ainda não achou, mas quando encontrar sua paixão, se tornará um escravo voluntário. Os machões são justamente os que se tornam mais submissos. E eu estarei aqui, rindo. Você ainda não entende, mas certamente o futuro lhe mostrará: **a paixão escraviza, mas o amor liberta. Aposte no amor.**

## Pedro e Francisco voltam a Mirassol

Manhã de domingo com festa por todos os lados. As crianças do colégio, em duas alas na rua principal, tremulando bandeirinhas brancas, deixavam um espaço para as autoridades desfilarem. À frente vinha a banda municipal, quase toda composta por freqüentadores do bar do bilhar, arfando furiosamente uma marchinha quase carnavalesca. Depois, o diretor do colégio, o juiz, o delegado. Finalmente, o padre, em sua batina preta reluzente. Mais atrás vinha o prefeito, escoltado por Pedro e Francisco. A população, lotando a calçada, aplaudia enquanto o prefeito, todo sorrisos, esforçava-se por demonstrar intimidade com o dr. Pedro. Foi uma seqüência de inaugurações. O asfalto da rua principal, o novo edifício da escola profissionalizante, a pintura e recuperação da igreja e, finalmente, a placa que conferia a uma das ruas centrais o nome do pai do dr. Pedro. Foi também uma seqüência de discursos. Pedro sussurrou para Francisco quando o prefeito se adiantou para abanar à população: "Só espero que eles não queiram reinaugurar o túmulo da família".

Ao passar o cortejo em frente ao bar do bilhar, um grupo de assíduos jogadores desatou em aplausos ao seu ídolo, cujas aventuras e sucessos ali circulavam livres, confundindo ficção e realidade.

A escola profissionalizante reluzia ao fim da rua principal. Suas cores e estilo lembravam os prédios do campus de algumas universidades norte-americanas. Havia uma seqüência de cores próximas ao tijolo e, em sua fachada, uma grande inscrição com letras metálicas identificava a escola e o nome a quem era dedicada: à irmã de Pedro, falecida grávida ainda adolescente, exemplo de uma juventude sem perspectiva profissional. Ao descerrar placas e cortar fitas, Pedro não continha sua emoção. Não aceitou fazer discursos, falou muito pouco, mas ouviu atento o longo panegírico que o prefeito lhe dedicou. O prefeito descrevia seu passado, a vida pobre em Mirassol e seu sonho em voar para longe. Poeticamente, comparou-o com o condor que sai do ninho para voar pelos cumes mais elevados sem esquecer sua origem, seu ninho primitivo.

Francisco divertia-se com o ar encabulado de Pedro ao receber tantas homenagens e elogios. Imaginava o que deveria estar passando em sua cabeça ao experimentar um retorno em tão alto estilo à cidade que abandonara na juventude. As reminiscências saudosas de sua infância, de sua família há muito desaparecida deviam fervilhar na memória. Apenas a velha tia não estava presente, pois se recusara a deixar a casa para assistir à solenidade. ("Todos estarão distraídos, as casas, abandonadas, e os ladrões farão a festa. Fico aqui, cuidando de tudo.") Não houve argumento válido. Nem a importância do evento, nem o pouco que havia para ser roubado naquela casa, ou a completa inexistência de ladrões na região. Tia Aurélia simplesmente não ouvia. Queria cumprir sua missão até o fim. Prometera ao pai de Pedro entregar-lhe a casa intacta quando ele aparecesse. Havia um ar de prosperidade no jardim, na pintura nova, no telhado reformado. Até as cortinas eram novas. Os móveis continuavam os mesmos devido aos protestos de tia Aurélia, que não aceitou nenhuma possibilidade de renovação. ("São minha vida, meus companheiros de todos os dias. Não vou me acostumar em outro ambiente.") Assim era tia Aurélia, defendendo seu ninho.

Pedro tentava identificar rostos conhecidos, mesmo sabendo a dificuldade da tarefa após tanto tempo. Um careca alto e magro abraçou-o efusivamente, mencionando corridas de carro de lomba com rodas de madeira. Recordava vagamente o dia em que despencaram pela rua do cemitério e uma pedra sob a roda os fez rolar pelo cascalho. A cicatriz na perna era a condecoração recebida por aquela aventura. Aquele careca deve ser Guilherme, seu melhor amigo na época, agora quarenta anos mais velho. Chamou-o pelo nome e viu o brilho de alegria em seus olhos ao ser reconhecido. Encorajados por essa identificação, outros dois se aproximaram. Eram da turma de amigos de Pedro adolescente, apesar de hoje parecerem muito mais velhos do que ele. O tempo, as dificuldades e os maus-tratos da vida os envelheceram precocemente. Uma máquina fotográfica surgiu e os quatro abraçados procuraram sorrir como faziam na juventude. Pedro distribuiu cartões de visita com a recomendação de que telefonassem em alguma dificuldade. Os três sorriram. Eles eram só dificuldades e seu momento de sorte havia chegado.

A pequena multidão chegou à escola profissionalizante, esperou pelos discursos, pelo corte da fita e ocupou rapidamente seus corredores e dependências com curiosidade infantil. Duas senhoras de preto, abanando seus leques, cochicharam com ar de reprovação: "Imagine, ar-condicionado por tudo! Que desperdício!". A diretora era uma loura esguia, aparentando cerca de 35 anos, simpática, olhos formidavelmente azuis e um sorriso de menina que mostrava dentes muito brancos e alinhados. Vestia-se com esmero, sem perder a simplicidade. Um terninho branco como seus dentes contrastava-lhe intensamente com os cabelos louros e a pele levemente bronzeada. Ao ser apresentado a ela pelo prefeito, Pedro ouviu elogios intermináveis ao currículo da jovem professora recém-chegada a Mirassol. Era psicóloga formada na capital e há muito envolvida com programas de educação para jovens. Além disso, aliara um curso de pedagogia ao seu conhecimento de psicologia, o que a tornava a pessoa certa para o lugar certo: a direção da nova escola. Pedro olhou-a longamente como se a reconhecesse. Considerou sua voz música pura, encantou-se com seu sorriso. Acompanhou, seduzido, seus passos leves através das várias instalações da escola, ocasionalmente endereçando-lhe perguntas e deliciando-se com suas explicações. Aquela mulher tocara-lhe fundo, o que há muito não acontecia. Ou, talvez, nunca antes sentira aquela sensação estranha de deslizar por um tobogã de nuvens, sem medo e leve como uma pluma. De tantas que conhecera ao longo da vida, esta lhe parecia única e especial. Não sabia identificar bem o motivo de sua fascinação. Sabia, no entanto, que estava envolvido por ela, por sua presença, por seu charme e desenvoltura, como nunca estivera antes por uma mulher. Ao chegarem ao final da visita, ela fez menção de despedir-se. Pedro interrompeu-a, pegou gentilmente em seu braço e disse: "Professora, não vá, fique comigo, vamos fazer o resto da caminhada juntos". Francisco estava a dois passos de distância, sorrindo com ar maroto. Pedro aproximou-se e sussurrou:

– Acho que o prefeito vai ter que procurar outra diretora.

– Você lhe propôs fazer o resto da caminhada juntos. Por seu entusiasmo, será uma longa caminhada...

– Francisco, vou casar com esta moça. Tenho certeza disso, apesar de conhecê-la há quinze minutos. Trate de descobrir seu nome, pois não gravei ao ser apresentado a ela.

– Parabéns! É exatamente assim que nos tornamos "escravos voluntários". E esta é minha última lição: **o amor é necessário e insubstituível.**

## Nota do Autor

A vida é uma longa viagem. Em cada momento estamos definindo nosso próprio destino. Somos timoneiros nesta travessia, apesar de preferirmos o conforto do espaço destinado aos passageiros. Quem está no timão toma as decisões, determina o rumo, a velocidade, faz as escolhas, corre riscos. Em tudo na vida as escolhas são nossas. As melhores escolhas são feitas por quem tem objetivos claros e definidos. Nenhum vento é favorável ao marinheiro sem rumo. Sorte ou azar não existem. Tudo é uma questão do ponto de vista do observador. Um atropelamento que, para Francisco, poderia ter sido o ápice da má sorte, tornou-se uma nova motivação e até um resgate do passado. Pedro, que se julgava acabado, ressurge com todas as forças para uma nova vida. São escolhas bem-sucedidas. Ambos souberam decidir pelo correto na hora precisa. A visão otimista de Francisco não permitiu ver em momento algum o imenso acúmulo de tristezas e imprevistos que havia sido a sua vida. Soube perdoar, soube transformar a dor em alegria, as dificuldades em sonho.

No Departamento de Projetos da construtora há uma imensa sala com mesas lado a lado, cada uma com um computador sofisticado. Formou-se aí uma grande comunidade, pois é impossível, pela proximidade, não dividir com os vizinhos alegrias, angústias e sonhos. Pois ela estava lá o tempo todo, ao lado de Francisco. Era uma engenheira sonhadora, de longos cabelos castanhos, segundo ela mesma, distraída demais para apaixonar-se. Era uma mulher feliz de quarenta anos, que vivia sorrindo, exercitando seu senso de humor com todos os vizinhos de trabalho. Tudo começou muito devagar. Ela ria da forma como Francisco conseguia voar pelo mundo sem deixar sua mesa de trabalho. Ela mesma também viajava nas asas do sonho com muita freqüência. O bom humor de ambos era contagiante. Freqüentemente chamavam-se com voz de microfone: "Alô, torre!" ou "Alô, terra", despertando o outro de uma viagem espacial por alguma galáxia. Depois desatavam a rir. Os colegas de sala divertiam-se acumulando semelhanças entre ambos. Mas, por pura distração, só os dois não percebiam como eram parecidos. Um dia, pela manhã, ao ligarem seus computadores, receberam o mesmo e-mail sem assinatura: "Ao seu lado está uma pessoa que em tudo se parece com você. É sua alma gêmea. Preste atenção, aterrisse. Você pode estar deixando a felicidade passar". Francisco leu a mensagem e voltou-se rapidamente, encontrando o sorriso mais amplo que já vira em sua vizinha de mesa. Obviamente, ela também recebera a mensagem. Os dois desataram a rir, deram-se as mãos e foram saudados com um caloroso aplauso dos demais colegas da sala, que aguardavam nervosamente por aquele momento.

Depois disso, os dois não se afastaram mais por um minuto, pelo resto da vida. Conviviam muito com Pedro e sua nova esposa professora, em longos jantares e bate-papos infindáveis. Além disso, viajavam juntos, curtiam as mesmas diversões. Incrivelmente, a vida se renovou para os quatro. Tinham hábitos simples, exercitavam-se diariamente, comiam de forma saudável, cultivavam pequenos prazeres. Em resumo, uma nova vida feliz.

Esta história de Pedro e Francisco necessariamente deveria ter um final feliz. Ela se presta, no entanto, para se tirar a grande lição, a principal:

A busca da felicidade é o único compromisso do ser humano. Quando a vida não nos faz felizes, devemos mover o timão, redirecionar o rumo à procura da felicidade, pois esse é o nosso único compromisso com a vida.

Se você já fez as mudanças necessárias e ainda não é feliz, sua busca ainda não terminou. Continue redirecionando o rumo. Mas nunca largue o timão.

## Segunda Nota do Autor

Aficionei-me à história de Pedro e Francisco. Vivi-a em cada momento durante meses, procurando assegurar-me de que se aproximasse da vida real. Conheci em meu consultório, nos últimos trinta anos, inúmeros Pedros e Franciscos. Acompanhei seus sofrimentos e algumas de suas alegrias. Procurei retratá-los neste livro sem individualizá-los, o que quer dizer que são apenas personagens compostos a partir de inúmeros outros da vida real. Personagens não são importantes. São as suas histórias, suas idéias, seu exemplo, o que realmente conta. Pedro e Francisco não existem na vida real. Podem ter traços que se assemelham a alguma pessoa que conhecemos, mas isso é apenas coincidência. Apesar de que os seres humanos terminam se repetindo nos erros e acertos, nas emoções e em suas crises, o que nos leva sempre a considerá-los todos muito parecidos. Aqui não houve essa intenção.

Entrei nas vidas de Pedro e Francisco com o único objetivo de transmitir algumas lições e regras para viver melhor. Imaginei que, usando um exemplo de ficção, cumpriria melhor a missão de transmitir informações sobre a forma mais saudável de viver a vida e ser mais feliz. Devíamos todos nascer com um Manual do Proprietário, um guia prático de condutas e comportamentos para tornar nossa vida mais fácil. Infelizmente, tal livro não existe e temos de aprender tudo ao longo do caminho pelo impreciso método das tentativas.

Todos nós somos um pouco Pedro e um pouco Francisco. Assumimos ocasionalmente a personalidade de um ou de outro, reagimos como eles. Na verdade, Pedro e Francisco podem ser um só, e talvez o sejam. Imaginem a história desta forma. Um único indivíduo faz sua confissão e estabelece as bases para sua conversão a uma nova vida. Uma confissão para ser válida e merecer absolvição deve ser seguida por uma conversão sincera, duradoura e assumida com naturalidade.

O papel de Mirassol é de extrema importância, porque representa o início e talvez o fim da busca. É o elo inicial e a âncora que traz de volta ao porto o navio desgarrado e à deriva.

Mudar é prerrogativa única do ser humano. Mais precisamente: mudar é um privilégio de seres humanos inteligentes. Para você que quer mudar mas não conhece o caminho é que este livro foi escrito. Faça sua confissão. Assuma seus erros, suas dificuldades, sua infelicidade. E então se renove, converta-se a uma nova vida e busque ardorosamente a felicidade. Para isso fomos feitos. Para buscar eternamente a felicidade.

## As 25 regras para o tempo de mudar

1. **Só mude a sua vida se estiver convencido da necessidade de mudar.** Há poucas coisas que não podem ser mudadas e que devem ser literalmente aceitas. Todas as demais deveriam estar em contínua revisão.
2. **Aceite-se como é! Retorne à sua origem!** Resgate dentro de você a pessoa que você já foi.
3. **O melhor lugar é ao lado da melhor pessoa.**
4. **Se quiser viver muito, tenha memória curta.** O segredo está em revisar posições anteriores e esquecer, arquivar no passado rancores e mágoas. Aprenda a perdoar e pedir perdão.
5. **Os valores materiais influem muito pouco em sua felicidade.** Dinheiro não é tudo. O problema é o estabelecimento de limites entre o que você precisa e o que você quer. Há duas maneiras de ser rico. Uma é ter realmente muito dinheiro. A outra é estar feliz com o que se tem. Dinheiro não se correlaciona com felicidade, só com conforto. A felicidade está em se querer muito o que já se tem e desdenhar sinceramente do resto. A felicidade está em aceitar com alegria o que nos concedeu a sorte, o destino, o trabalho, nosso talento, ou mesmo o acaso. Chame-se como se quiser. Saber ganhar dinheiro é mais fácil do que saber gastá-lo adequadamente.

6. **Você é refém de seu corpo. Trate-o bem para que sua alma sobreviva nele por longo tempo.** Sua vida é um negócio imperdível! Você deve protegê-la todos os dias. E agradecer a Deus.

7. **O caminho da felicidade começa pelo primeiro passo: decidir ser feliz. O caminho da longevidade também segue a mesma regra, e o primeiro passo é decidir ser saudável.**

8. **Procure aprender tudo sobre seu corpo, que é sua propriedade mais preciosa!** Leia, pergunte, acompanhe programas sobre saúde no rádio e na TV. Seu conhecimento pode salvar-lhe a vida.

9. **Viver muito e com saúde é uma opção pessoal.** Faça essa opção.

10. **Perca peso sem perder o humor.** Nós todos somos reféns de um corpo. A missão é tratá-lo bem, para que nossa alma viva em paz. Não esqueça: somos todos corpo, mente e espírito.Mantenha o equilíbrio entre os três com humor.

11. **A felicidade é um sentimento coletivo. Só seremos realmente felizes se todos os que nos cercam também viverem felizes.**

12. **Sonhe. Sonhe muito. Mas não esqueça de ter orgulho de suas flores.**

13. **São suas expectativas que determinam o resultado de seus projetos.** Suas conquistas terão, portanto, o tamanho de seus sonhos. Se você pensa pequeno, seu resultado também será modesto. Evite confundir modéstia com falta de ambição. Ambição sadia é um componente intrínseco

do sucesso. Procure seguir os que perseguem algum sonho e você irá mais longe. Persiga seus próprios sonhos e você irá ainda mais longe. Mas nunca perca sua candura, não esqueça de admirar suas flores.

14. **Viajar pelo país dos sonhos pode facilitar sua vida real. Mas nunca faça do sonho a sua realidade.** Visite o país dos sonhos, mas nunca se mude para lá definitivamente.

15. **As pessoas felizes estão mais disponíveis para o amor. Por isso, o amor nem sempre é causa; às vezes é conseqüência da felicidade.** A felicidade é um processo contínuo de busca, como uma longa caminhada cujo rumo deve ser corrigido cada dia. O segredo do amor é a disponibilidade. Você estando mais feliz estará mais disponível. E seu momento certamente chegará.

16. **Todos somos intrinsecamente diferentes. Devemos conhecer nossos limites e respeitá-los.**

17. **O que importa não é a metamorfose, mas o sentido para onde ela nos leva.** Só existe um rumo correto para qualquer mudança na vida: ser feliz. A felicidade é distribuída diferentemente entre as pessoas. Alguns a recebem em dose maior, mas nem sempre reconhecem. O maior erro é não reconhecer a própria felicidade.

18. **Oitenta por cento de nossos problemas são mesquinharias. Outros dez por cento são inevitáveis e, portanto, temos de aceitá-los. Apenas dez por cento são os que temos de enfrentar e resolver.** O passado está entre os insolúveis. Não adianta cultivar mágoas, pois elas simplesmente fazem o problema permanecer, mas não ajudam em sua solução.

19. **Sua espiritualidade pode não curar suas dores, mas permitirá suportá-las mais facilmente.**
20. **Ter esperança é fundamental para uma vida saudável.** Todos temos de ter esperança para darmos sentido à vida. Esperar e planejar: ambos se complementam. Estou em equilíbrio se consigo ver o passado sem amargura, o presente sem pressa e o futuro com esperança.
21. **Simplicidade e verdade são geradas no mesmo ninho e são inseparáveis.** O bom líder apenas induz, não precisa exercer sua autoridade. O bom líder está a serviço de seus liderados.
22. **Nunca exagere na sua generosidade.**
23. **Quem não tem passado não terá futuro.** Um triste passado é melhor do que nenhum. Respeitar o passado e tirar lições dele é uma atitude inteligente.
24. **O sucesso está intimamente ligado à capacidade de lidar com imprevistos.** Essa forma de reagir rapidamente ao inesperado, com serenidade e inteligência, é o segredo para uma vida mais saudável e mais longa. Quem se adapta às novas circunstâncias com mais presteza é quem sobrevive mais tempo.
25. **O amor é necessário e insubstituível.** Além de amor e muita educação, um relacionamento estável exige saber perder, aceitar mudanças de paradigma, adaptar-se, perdoar, relevar, pedir perdão e recomeçar. Relacionar-se com alguém exige o exercício diário do perdão em suas duas formas: pedindo e concedendo. Mas cuidado! A paixão escraviza, só o amor liberta. Aposte no amor.

## As lições de Marina

- Não deixe sua alma atribular-se, pois ela termina por adoecer seu corpo e sua mente. Da mesma forma, mantenha sua mente intacta e seu corpo e seu espírito agradecerão.
- A terapia da aceitação: aceite-se como você é, aceite os fatos com seu curso inexorável. Mude só o que pode e necessita ser mudado. Aceite o resto.
- A terapia do riso: ria de si mesmo. Não se leve muito a sério. Rir é uma forma de libertar-se, e de comunicar-se. Riso é espontaneidade, tolerância, perdão. Riso, em resumo, é amor à vida.
- A terapia do sim: pessoas com atitudes negativas diante da vida têm menos chances de envelhecer, pois a morte se antecipa à longevidade.
- Siga seu caminho em busca da felicidade. Você tem agora as informações necessárias para encontrá-la. Não repita erros. Não perca tempo, aposte em cada minuto do resto de sua vida. Buscar ser feliz é nosso único compromisso.
- Nossos problemas têm a dimensão que lhes conferimos. Todas as tristezas na vida têm um sentido. Servem para nosso crescimento, para uma vida melhor a seguir.
- Quando perdemos o hábito de rir, começamos a morrer.

## A grande lição

A busca da felicidade é o único compromisso do ser humano. Quando a vida não nos faz felizes, devemos mover o timão, redirecionar o rumo à procura da felicidade, pois esse é o nosso único compromisso com a vida.

Se você já fez as mudanças necessárias e ainda não é feliz, sua busca ainda não terminou. Continue redirecionando o rumo. Mas nunca largue o timão.

## Sobre o autor

Nascido em Farroupilha, RS, em 1947, dr. Fernando Lucchese preparou-se desde cedo para a carreira diplomática, dedicando-se ao aprendizado de cinco idiomas, estimulado pela forte influência que exerceu sobre ele sua passagem pelo seminário na adolescência.

Sua carreira diplomática foi abandonada instantaneamente quando, no cursinho pré-vestibular para o Instituto Rio Branco (Escola de Diplomatas), tomou contato com a circulação extracorpórea apresentada durante uma aula de biologia. Lucchese deslumbrou-se com o que lhe pareceu, no início, pura ficção científica e decidiu ser cirurgião cardiovascular.

Entrou para a Faculdade de Medicina da Universidade Federal do Rio Grande do Sul, graduando-se em 1970, com 22 anos de idade.

Depois de graduado fez sua formação de cirurgião cardiovascular no Instituto de Cardiologia do Rio Grande do Sul e na Universidade do Alabama, em Birmingham, Estados Unidos.

De volta ao Brasil dedicou-se à atividade de cirurgião cardiovascular e chefe da Unidade de Pesquisa do Instituto de Cardiologia. Chegou à direção daquele Instituto, quando então, promoveu grande transformação, duplicando suas instalações e investindo em tecnologia.

Foi também nesse período que assumiu a Presidência da Fundação de Amparo à Pesquisa do Estado do Rio Grande do Sul (FAPERGS).

Depois de ser chefe do Serviço de Cardiologia do Hospital Mãe de Deus transferiu-se para a Santa Casa, onde dirige desde de 1988 o Hospital São Francisco de Cardiologia.

Lucchese reuniu, com a equipe do Instituto de Cardiologia, e posteriormente com sua própria equipe no Hospital São Francisco, uma experiência de mais de 25 mil cirurgias cardíacas e 70 transplantes do coração.

Lucchese iniciou-se no mundo editorial pela tradução de dois livros de medicina ingleses, passando à publicação de três livros de medicina que atingiram tiragem recorde, um deles publicado em inglês.

Movido pelo desejo de contribuir com a prevenção de doenças, publicou os seguintes livros para o público em geral:

*Pílulas para viver melhor*; *Pílulas para prolongar a juventude*; *Comer bem, sem culpa* (com Anonymus Gourmet e Iotti); *Desembarcando o diabetes*; *Viajando com saúde*; *Desembarcando o sedentarismo* (com Claudio Nogueira de Castro); *Desembarcando a hipertensão*; *Desembarcando o colesterol* (com sua filha, Fernanda Lucchese), *Dieta mediterrânea* (com Anonymus Gourmet) e *Fatos & mitos*.

Os livros do dr. Lucchese venderam mais de 400 mil cópias.

Lucchese costuma invocar a ajuda de Deus em suas cirurgias, considerando-se somente um instrumento na mão Dele. Acredita que o cirurgião-cientista frio deve ser substituído pelo médico preocupado não só com a saúde do coração de seus pacientes mas também com sua vida emocional, afetiva, familiar, profissional e espiritual.